Nous sommes
parfois témoins
de drôles d'histoires
dans ce monde.

Fragments d'histoires troublantes

KBOOKS

Pantom

2016 / *Fragments d'histoires troublantes*
2017-2018 / *Que fais-tu en ce moment ?*
2019-2020 / *Démon, laisse-moi payer par mensualités !*
Depuis 2021 / *Sweet Home Woozoo-ri*

Mot de l'autrice

Qu'est-ce que tu veux faire quand tu seras adulte ?
(Je suis déjà adulte.)

Sommaire

Kiss Me Alice

CONCERNANT LES MEURTRES DE...
CHRISTINE, ROBERTA...
BOUM
GERTRUDE, ELISE...
ET DE MARIA...
BANG
L'ACCUSÉ DEDAN ELLISH EST RECONNU COUPABLE DES MEURTRES DE CES CINQ FEMMES INNOCENTES.
BANG
JE VOUS CONDAMNE AU CHÂTIMENT DE LA VIERGE DE FER.
BANG
IL S'APPELLE DEDAN...
AINSI...

VOUS AVEZ UNE DERNIÈRE VOLONTÉ ?

JEUNE MAÎTRE.
FAITES VOS ADIEUX À VOTRE MÈRE.
UN LONG CHEMIN L'ATTEND.
OUI...
SA VIE A TOUJOURS ÉTÉ...

JE NE PEUX PAS LE CONSI-DÉRER COMME MON FILS.
IL N'A RIEN DE MOI. IL N'A MÊME PAS VER-SÉ UNE LARME À LA MORT DE SA MÈRE.
FROIDE...
AH...
DEDAN...
EST UN PEU...
SI FROIDE...
OUI, IL EST COMME ÇA...

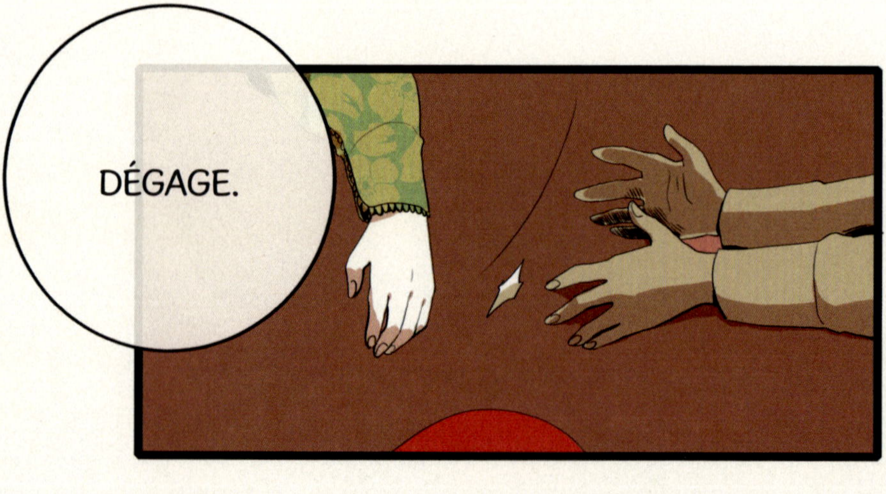
DÉGAGE.

TU VEUX MA PHOTO ?
TU FICHES LA TROUILLE.
À CET INSTANT, TOUT SON CORPS SE GLAÇA.

KOF
KOF
ALICE...
TU ES LÀ ?

ALICE...
A...
...
JEUNE MAÎTRE !
VLAM
JEUNE MAÎTRE, RÉVEILLEZ-VOUS ! JE SUIS LÀ.
JE VOUS AI APPORTÉ DES MÉDICAMENTS.
TOUT IRA BIEN MAINTENANT, JEUNE MAÎTRE ! OUVREZ LES YEUX !

ALICE...
JUSTE UNE SEULE FOIS...

ALICE ?
ELLE A ÉTÉ REMERCIÉE.

ELLE ÉTAIT DEVENUE TROP VIEILLE, MALADE, FRAGILE.
CERTES, ELLE ÉTAIT COMPÉTENTE, MAIS C'EST LOIN D'ÊTRE LA SEULE.
QU'AS-TU ?
MÊME LA MORT DE TA MÈRE NE T'AVAIT PAS AUTANT ÉMU.
ET AINSI...
POF
DEDAN SE RETROUVA TOUT SEUL.

RENVOYEZ-MOI LA BALLE.
MAIS...
IL VOULAIT SENTIR À NOUVEAU LES BRAS D'ALICE...
JUSTE UNE SEULE FOIS.

CETTE ÉTREINTE GLACÉE...

IL NE VERSE MÊME PAS UNE LARME.
C'EST VRAI QU'ILS NE S'EN-TENDAIENT PAS BIEN, MAIS C'ÉTAIT TOUT DE MÊME SON PÈRE.
LAISSE-LE, IL ME FICHE LA TROUILLE.
AAAAH

-
- -
PI...
PITIÉ...
AIDEZ-MOI...
SAU...
SAUVEZ-MOI...
JE VOUS EN PRIE.

UN JOUR, UN MIRACLE SE PRODUISIT...

DANS UNE RUELLE SALE
OÙ GISAIT UNE JEUNE FEMME
BLESSÉE.

QUE DEDAN RETROUVA ALICE.

HEUK... ARGH...
VOILÀ OÙ SE TROUVAIT SON ÉTREINTE GLACÉE.
AIDEZ-MOI... SAUVEZ-MOI...
IL VOULAIT LA SENTIR PENDANT TRÈS, TRÈS LONGTEMPS.
PITIÉ...

PENDANT QU'IL PROFITAIT DE TOUT SON SOÛL DES BRAS D'ALICE, LE CORPS DE LA JEUNE FEMME PERDAIT SA CHALEUR.
C'EST SEULEMENT QUAND ELLE SE RAIDIT JUSQU'À NE PLUS BOUGER...

QU'IL LA RELÂCHA ENFIN.
PUIS, IL S'ÉLOIGNA À LA HÂTE.
DEDAN ALLAIT AVOIR BEAUCOUP À FAIRE.

SIX JOURS
PLUS TARD,
IL TUAIT SA
PREMIÈRE
VICTIME.

AU DÉBUT, ON TRAITA CELA COMME UN FAIT DIVERS BANAL.
MAIS À MESURE...
CHRISTIN

QUE
LE TEMPS...
PASSAIT...

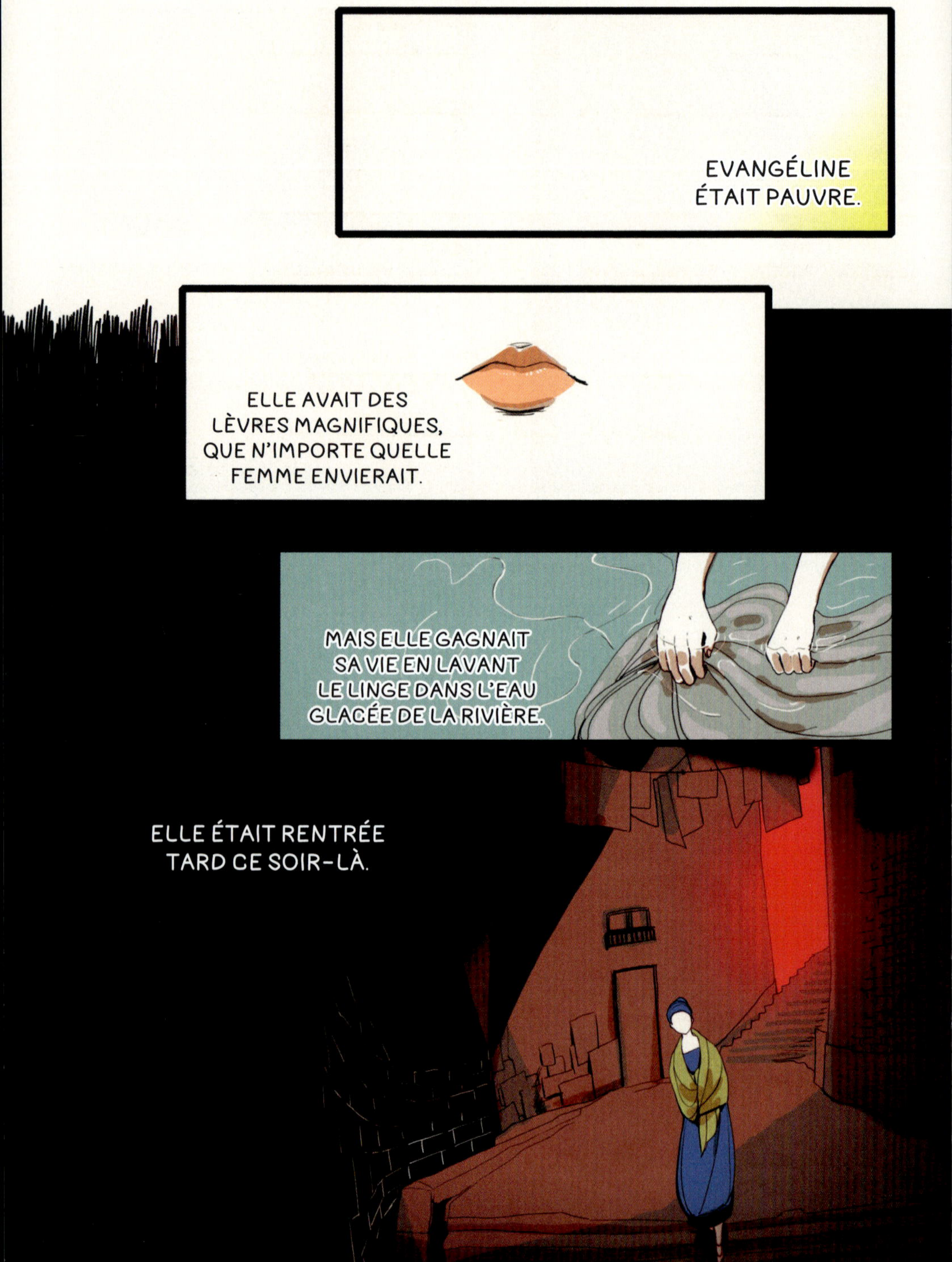
EVANGÉLINE ÉTAIT PAUVRE.
ELLE AVAIT DES LÈVRES MAGNIFIQUES, QUE N'IMPORTE QUELLE FEMME ENVIERAIT.
MAIS ELLE GAGNAIT SA VIE EN LAVANT LE LINGE DANS L'EAU GLACÉE DE LA RIVIÈRE.
ELLE ÉTAIT RENTRÉE TARD CE SOIR-LÀ.

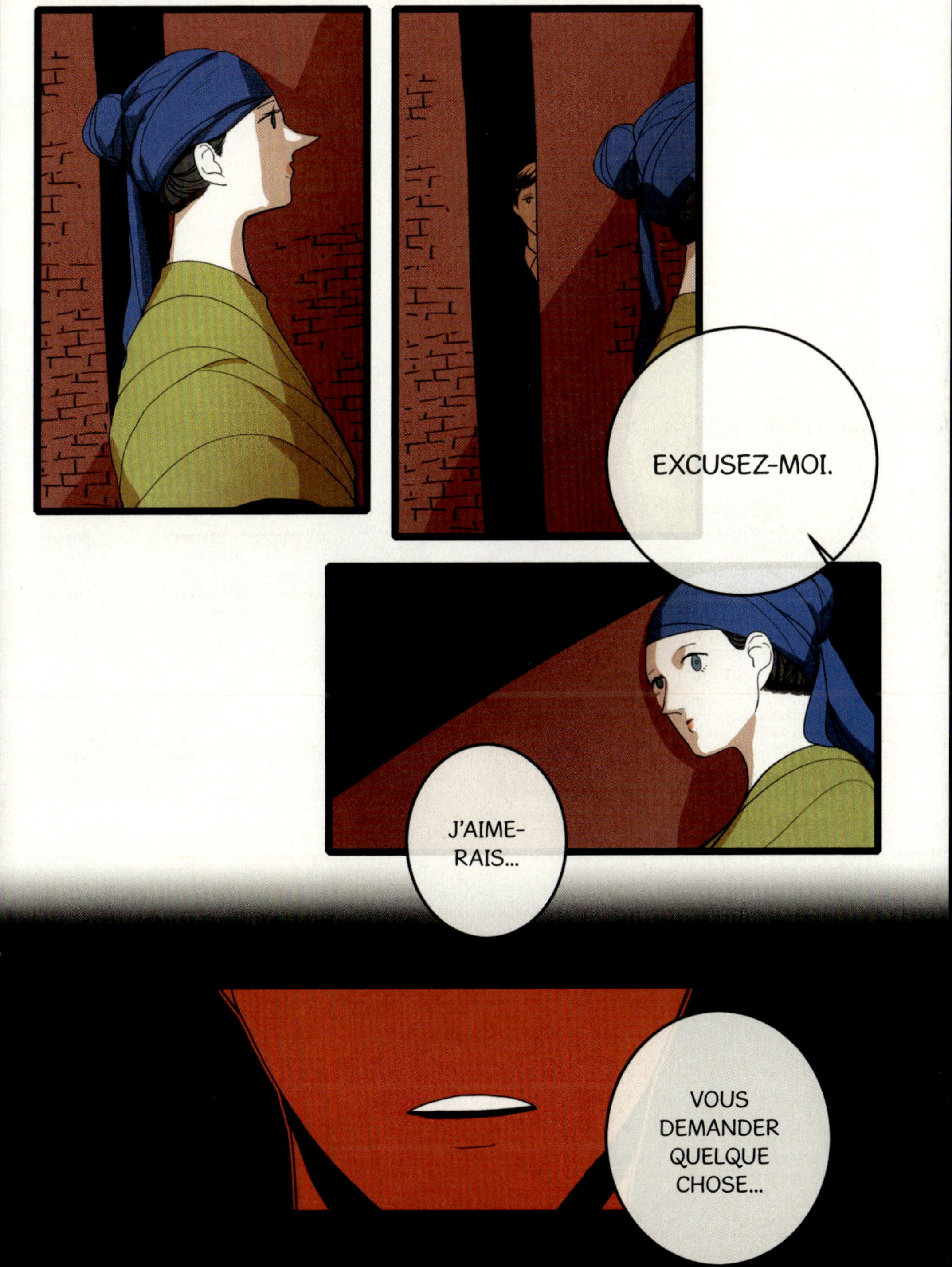
EXCUSEZ-MOI.
J'AIME-RAIS...
VOUS DEMANDER QUELQUE CHOSE...

ÉVIDEMMENT, C'ÉTAIT UN PUR MENSONGE.

EN GÉNÉRAL, LE MÊME SCÉNARIO
SE RÉPÉTAIT À CHAQUE FOIS.

S'ENFUIR.

TUER.

DEDAN AVAIT DÉJÀ FRANCHI LES LIMITES,
ON NE POUVAIT PLUS VRAIMENT LE
CONSIDÉRER COMME HUMAIN.

LA DERNIÈRE ONCE DE CULPABILITÉ
QU'IL NOURRISSAIT S'ÉTAIT ÉVAPORÉE.

UNE SEULE CHOSE COMPTAIT : RETROUVER ALICE.
D'ACCORD.
ATTENTION. JE RISQUE D'ÊTRE UN PEU FROIDE.

C'EST COMME S'IL AVAIT ENFIN RETROUVÉ ALICE.
SON CORPS ÉTAIT GLACÉ D'AVOIR PASSÉ LA JOURNÉE À TRAVAILLER DANS LA RIVIÈRE.
IL ÉMANAIT D'ELLE UNE AGRÉABLE ODEUR DE LESSIVE.
ALICE...

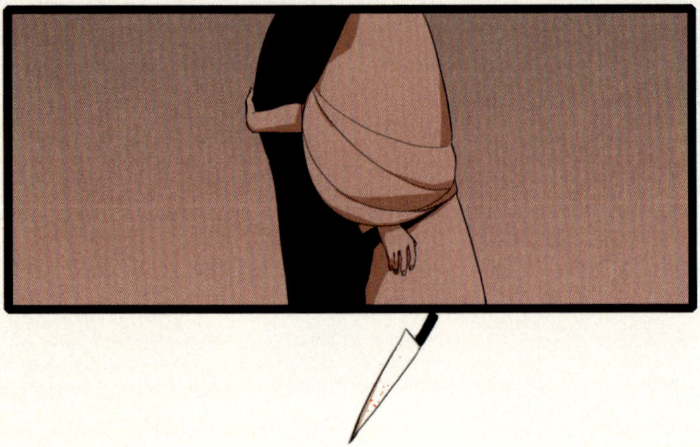

À CET ENDROIT, DEDAN FUT ARRÊTÉ
SUR DÉNONCIATION D'UN PASSANT.

TOUTES CES FEMMES…
POURQUOI LES AVOIR TUÉES ?
J'ÉTAIS À LA RECHERCHE D'ALICE.
ALICE ?
QUI EST-CE ? TA COMPLICE ?

JE NE ME RAPPELLE PLUS BIEN DE SON VISAGE.
ELLE FAISAIT À PEU PRÈS CETTE TAILLE.
C'ÉTAIT UNE DOMESTIQUE QUI TRAVAILLAIT POUR NOUS IL Y A ENCORE QUATRE ANS.
ELLE S'EST BIEN OCCUPÉE DE MOI QUAND J'ÉTAIS PETIT.
VOILÀ QUI ÉTAIT ALICE.
AH, LA SERVANTE... ALICE BAKER.
ET DONC, TU PENSAIS TROUVER ALICE PARMI CES FEMMES ?
ALICE BAKER EST MORTE D'UNE PNEUMONIE IL Y A DEUX ANS ET DEMI.

TU VOULAIS LA RETROUVER ?
TU CONSIDÈRES QUE C'EST UNE RAISON VALABLE POUR TUER TON PROCHAIN ?
ELLE, MARIA...
ET ELLE, ET ELLE, ET ELLE...
TU ES BIEN L'ASSASSIN DE CES CINQ FEMMES ?
JE N'AI PAS TUÉ MARIA.

MAIS BIEN SÛR...
BIEN...
L'ACCUSÉ...
DEDAN EILLISH ! CONCERNANT LES MEURTRES DE...

CHRISTINE, ROBERTA...
GERTRUDE, ÉLISE, ET MARIA...
VOUS ÊTES RECONNU COUPABLE D'AVOIR ASSASSINÉ CES CINQ FEMMES INNOCENTES.
BAM
JE VOUS CONDAMNE AU CHÂTIMENT DE LA VIERGE DE FER.
BAM
BAM
TU VOULAIS RETROUVER ALICE, HEIN ?
MARIA ÉTAIT MA PRÉCIEUSE ET UNIQUE ENFANT.

C'EST AINSI QUE DEDAN EILLISH
FUT CONDAMNÉ À MORT.

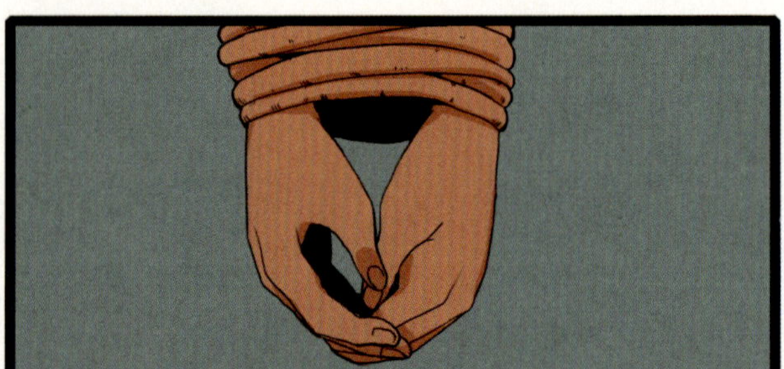

ET POURTANT, UNE SEULE PENSÉE L'OBSÉDAIT.

ALICE EST MORTE.

DEDAN N'AVAIT JAMAIS VRAIMENT CONNU LE DÉSESPOIR.
MAIS À CET INSTANT, IL SE SENTIT PLUS AFFLIGÉ QUE JAMAIS...
PIRE...
CAR IL DÉPLORAIT LA PERTE D'ALICE.
ALORS.
TU AS UNE DERNIÈRE VOLONTÉ ?

MÊME SA PROPRE MORT
LE LAISSAIT INDIFFÉRENT.

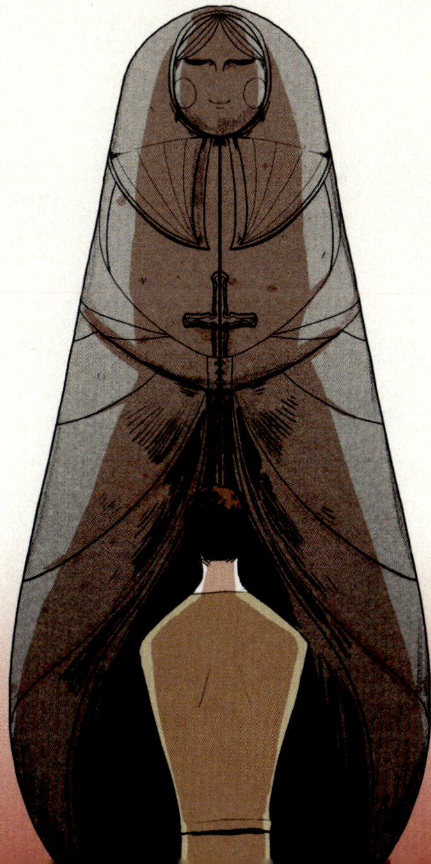

CLIC !
CRIIII...
À CE MOMENT-LÀ...
MAÎTRE.
UN SECOND MIRACLE SE PRODUISIT.

SHLASH
MAIS CE N'ÉTAIT QUE LE FRUIT DE SON IMAGINATION.
LE SOLEIL S'ÉCLIPSA...
ET LES NUITS DU VILLAGE FURENT À NOUVEAU PAISIBLES.

Silent

CLAC
CLAC

TCHIIC
JE REVIENS BIENTÔT.

ARRÊTE DE FAIRE LA TÊTE.

J'Y VAIS.
...
TAP
TAP
SUE.

J'AI RATÉ L'OCCASION DE LUI
PRÉSENTER DES EXCUSES.

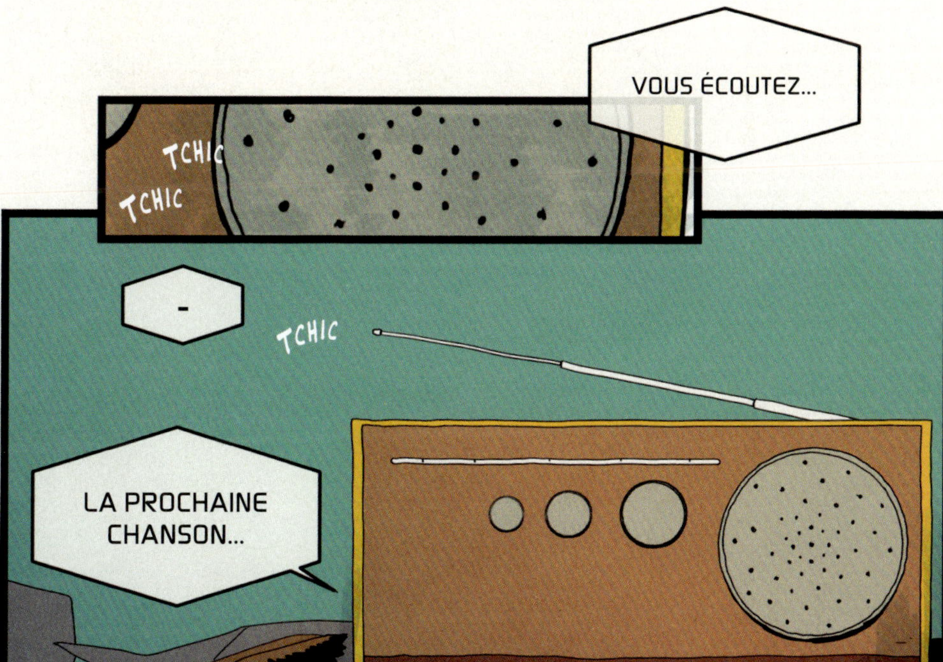

ARRÊTE DE FUMER.
...
FSHHH
SÉRIEUX.

--

--
JE TE L'AI DÉJÀ DIT. NE FUME PAS QUAND JE SUIS LÀ.

TU TIENS VRAIMENT À CE QU'ON SE DISPUTE JUSTE AVANT QUE JE PARTE EN DÉPLACEMENT PRO ?

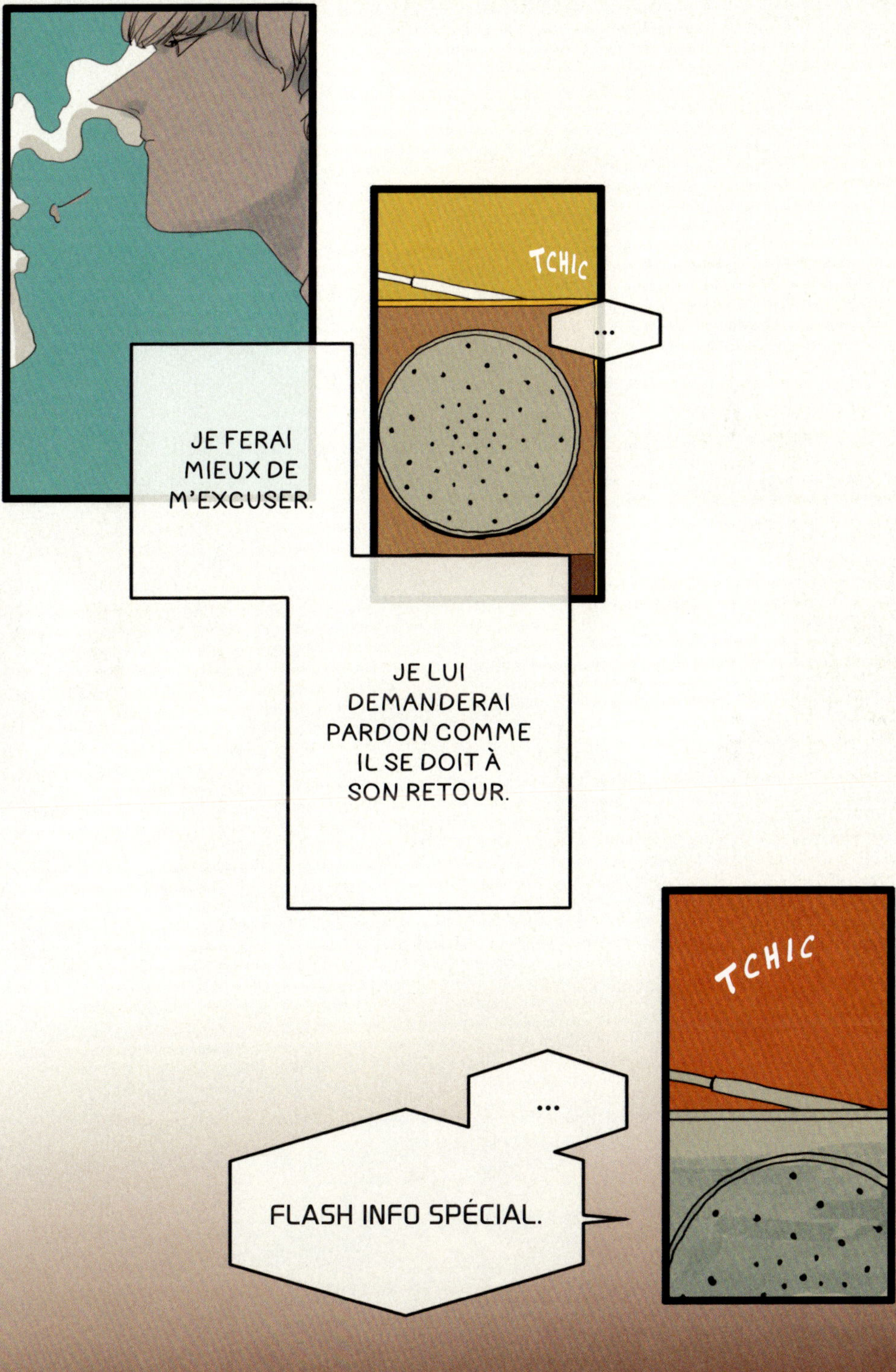
TCHIC
...
JE FERAI MIEUX DE M'EXCUSER.
JE LUI DEMANDERAI PARDON COMME IL SE DOIT À SON RETOUR.
TCHIC
...
FLASH INFO SPÉCIAL.

ACCIDENT D'UN TRAIN À DESTINATION DE FAULT.
SELON NOS INFORMATIONS ACTUELLES, IL N'Y A AUCUN SURVIVANT...

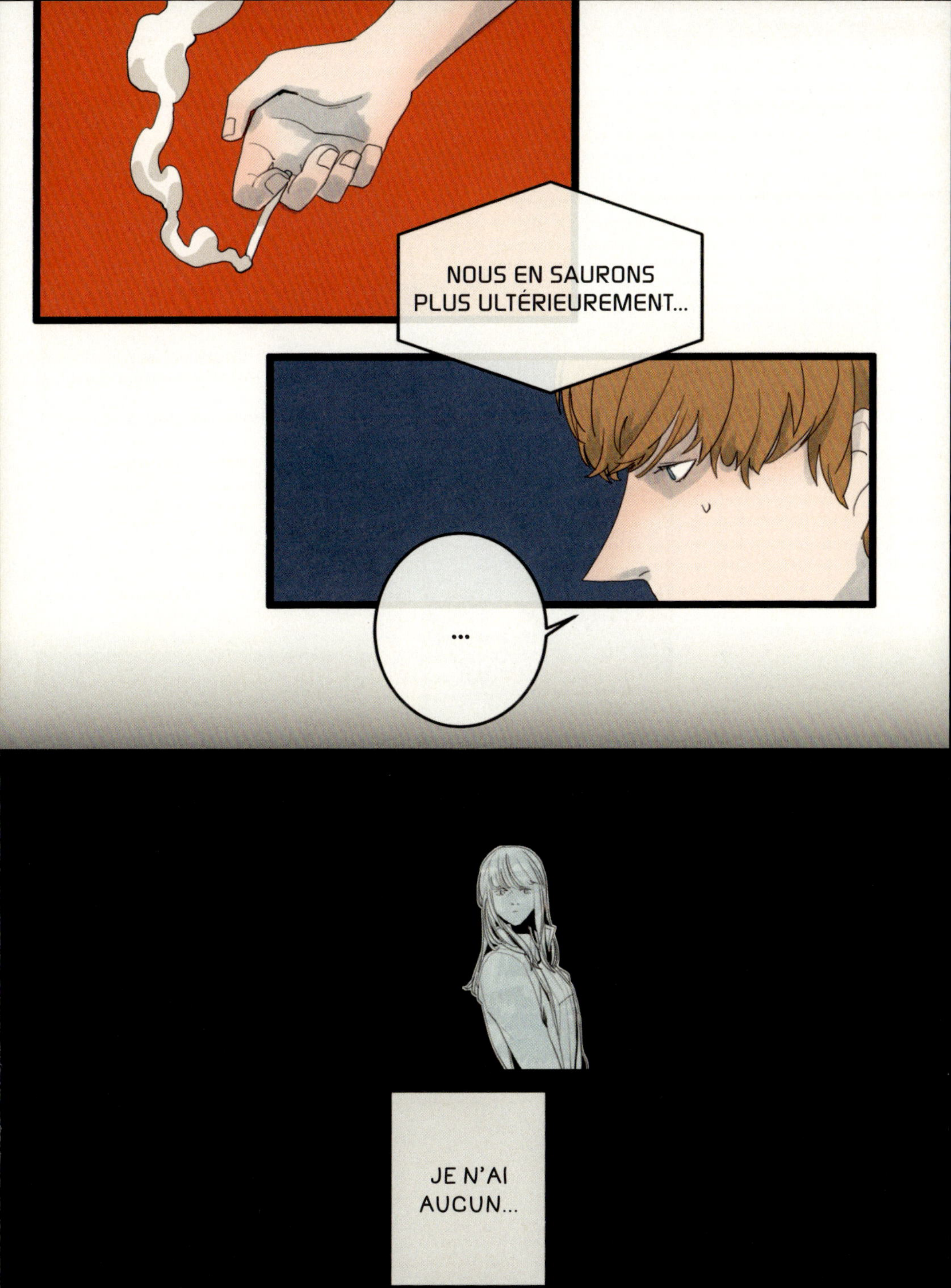
NOUS EN SAURONS PLUS ULTÉRIEUREMENT...
...
JE N'AI AUCUN...

TÛÛT

SOUVENIR...
TÛÛT

RÉPONDS...
SUE, RÉPONDS-MOI.
PITIÉ...
DE CE À QUOI JE PENSAIS...
À CE MOMENT-LÀ.
VOTRE CORRESPONDANT EST ACTUELLEMENT INDISPONIBLE...

BAM

FLAP

JE N’ARRIVE PAS À Y CROIRE.

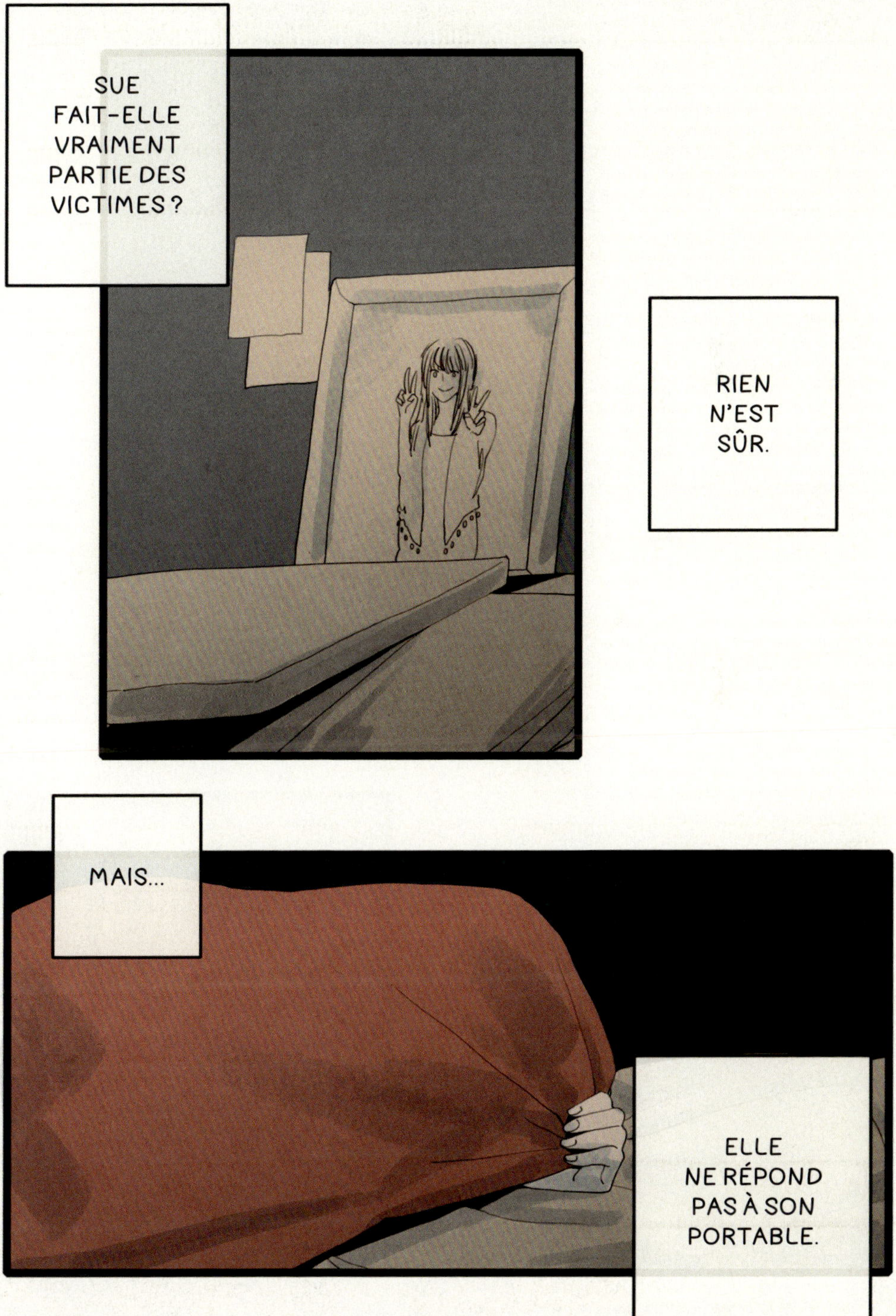
SUE FAIT-ELLE VRAIMENT PARTIE DES VICTIMES ?
RIEN N'EST SÛR.
MAIS...
ELLE NE RÉPOND PAS À SON PORTABLE.

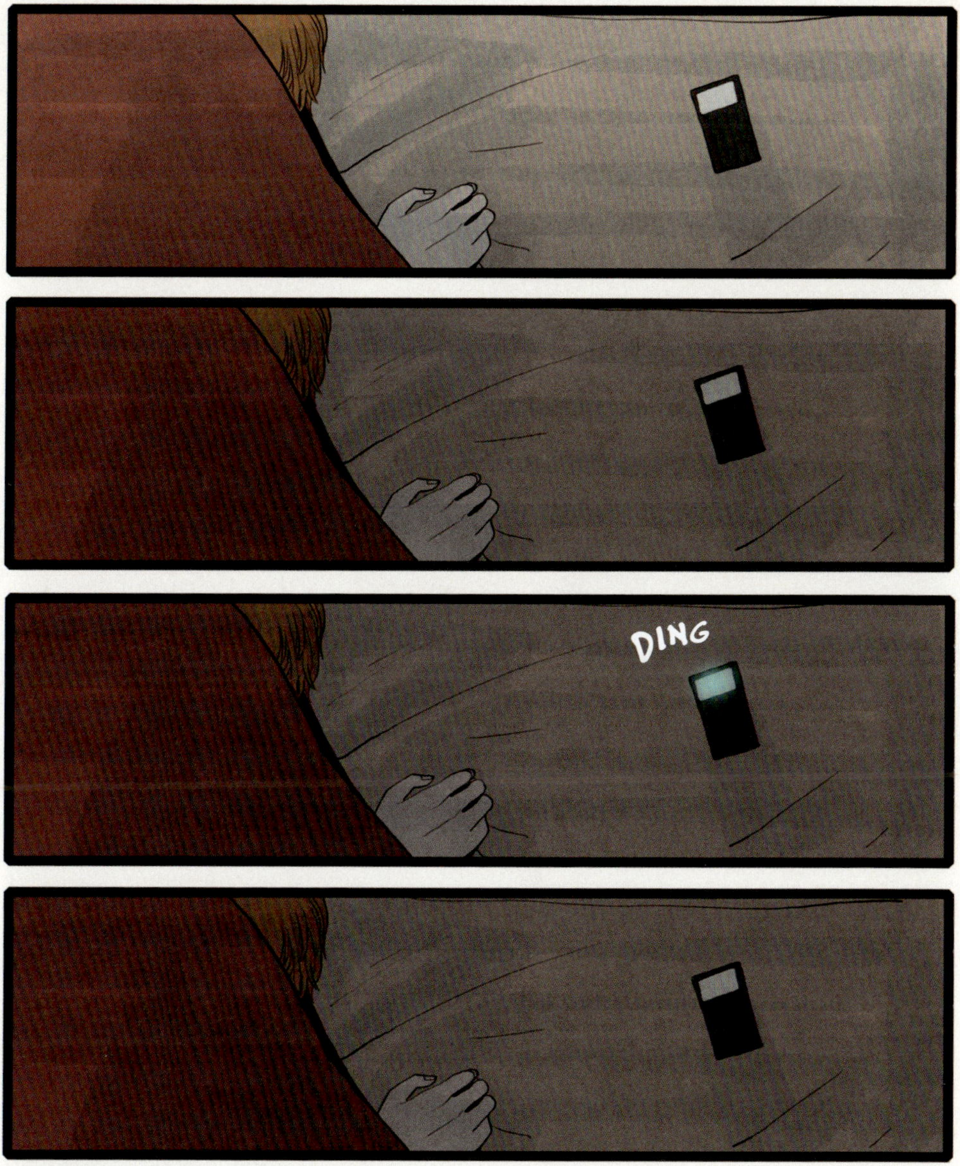

ELLE EST MORTE.

BIP
CLING
LA RADIO N'A PLUS DONNÉ...
CLIC
TCHIIC
AUCUNE NOUVELLE.
J'AI MAL À LA TÊTE...
FROT

!
MAIS...

QUAND J'AI VU...
TOUS CES APPELS MANQUÉS...
J'EUS À NOUVEAU ESPOIR QUE SUE SOIT SAINE ET SAUVE.

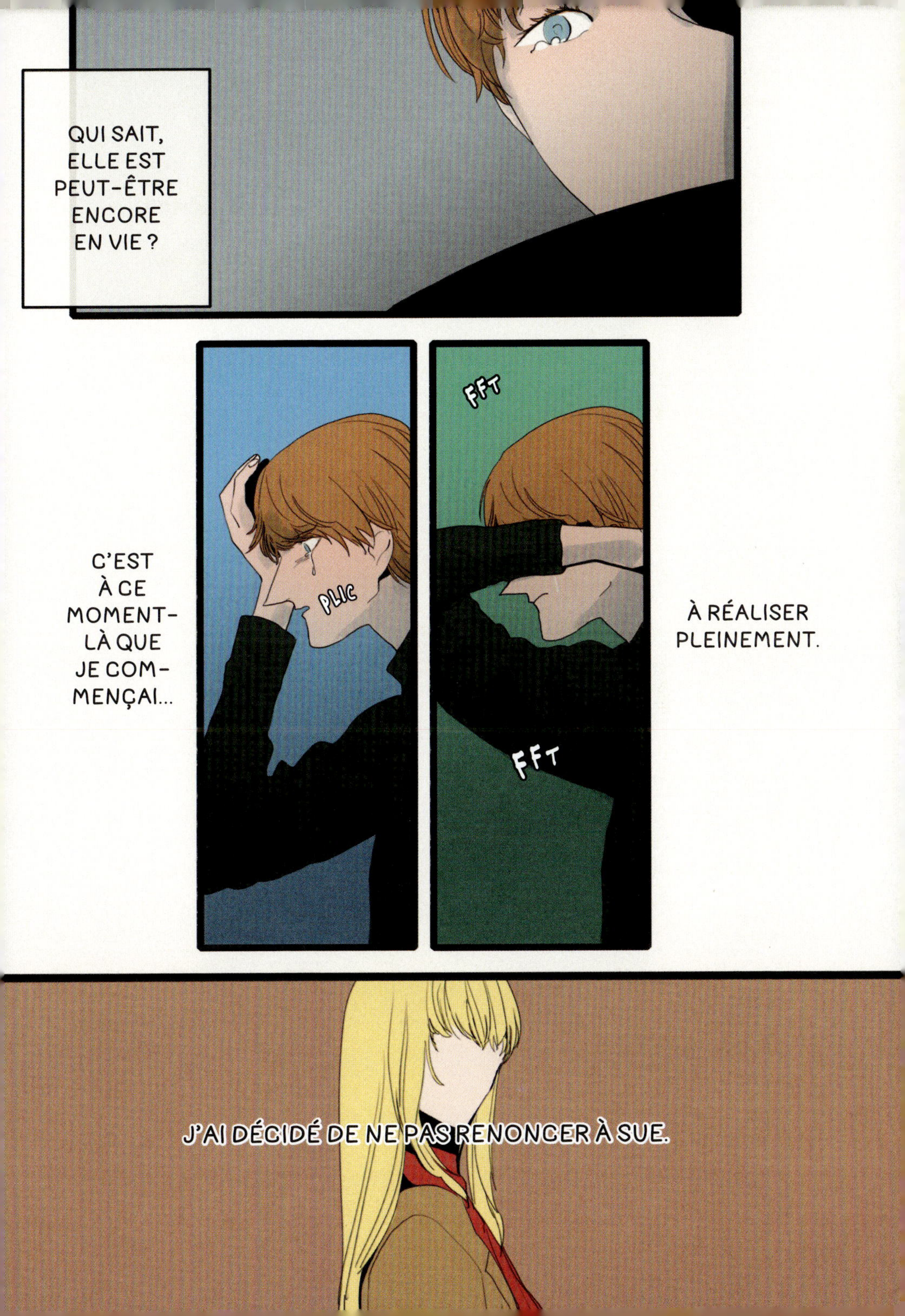
QUI SAIT, ELLE EST PEUT-ÊTRE ENCORE EN VIE ?
C'EST À CE MOMENT-LÀ QUE JE COM-MENÇAI...
PLIC
FFT
FFT
À RÉALISER PLEINEMENT.
J'AI DÉCIDÉ DE NE PAS RENONCER À SUE.

J'AI DÉCIDÉ
D'ATTENDRE
QU'ELLE ME
RAPPELLE
ENCORE
UNE FOIS.

DING
DONG

DING
DONG
RÉPERTOIRE
ALLEZ, OUVRE-MOI.

C'EST OUVERT ?
CRII
BON, J'ENTRE.
CLAC

11
BEURK...
FAIS UN PEU LE MÉNAGE.
VRAC
QU'EST-CE QUE TU FOUS ICI ?

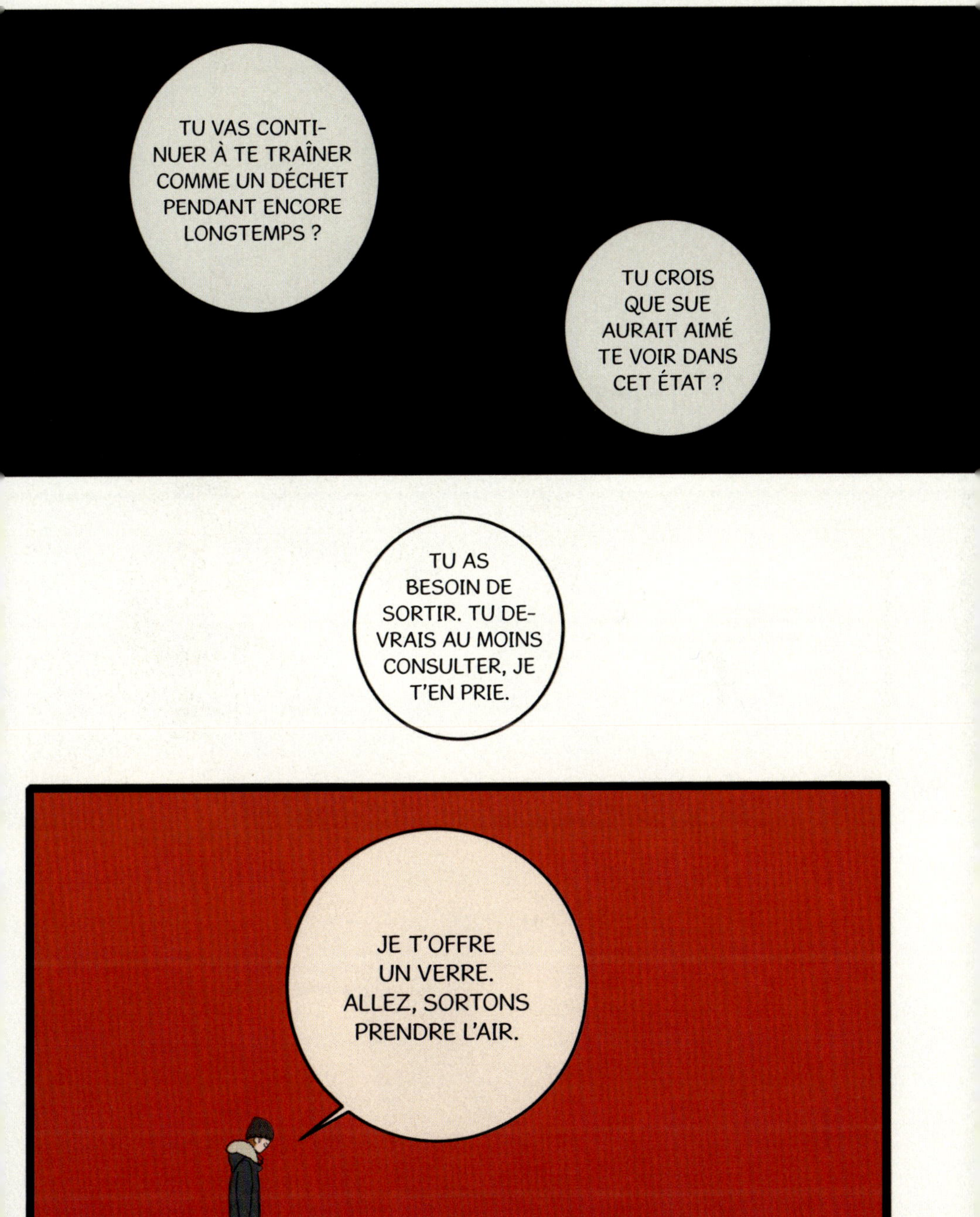
TU VAS CONTI-NUER À TE TRAÎNER COMME UN DÉCHET PENDANT ENCORE LONGTEMPS ?
TU CROIS QUE SUE AURAIT AIMÉ TE VOIR DANS CET ÉTAT ?
TU AS BESOIN DE SORTIR. TU DE-VRAIS AU MOINS CONSULTER, JE T'EN PRIE.
JE T'OFFRE UN VERRE. ALLEZ, SORTONS PRENDRE L'AIR.

J'AI DÉJÀ ESSAYÉ...
MAIS JE N'Y ARRIVE PAS.
J'AI PAS LA FORCE.
ET PUIS JE N'ARRÊTE PAS DE ME DIRE QUE SUE VA PEUT-ÊTRE FINIR PAR ME RAPPELER.
ALORS...
TOUTE LA JOURNÉE J'ATTENDS SON COUP DE FIL...

MAIS LE TÉLÉPHONE NE SONNE JAMAIS...
JE SAIS QUE C'EST DUR.
MAIS SUE EST...
NON.

MARSHALL...
SUE EST MORTE...
FERME-LA.
TSING
SI TU ES VENU POUR ME DIRE ÇA, TU PEUX REPARTIR.
JE N'ACCEPTERAI PAS CE GENRE DE PAROLES, MÊME VENANT DE TOI.

DOOM
TU CROIS QUE ÇA ME FAIT PLAISIR ?!
SUE N'EST PLUS LÀ ! ON S'EST MÊME RENDUS À SON ENTERREMENT ENSEMBLE !
TOI AUSSI, TU VAS CREVER À PETIT FEU À FORCE DE NIER LA RÉALITÉ ! REPRENDS-TOI !
TU AS TOUT FAUX.
GNAP

TU...
TU CROIS TOUT SAVOIR, MAIS TOUT ÇA CE SONT DES CONNE-RIES !

ELLE N'EST PAS MORTE ! JE LE SAIS !!
TU...

BAM

FRTT

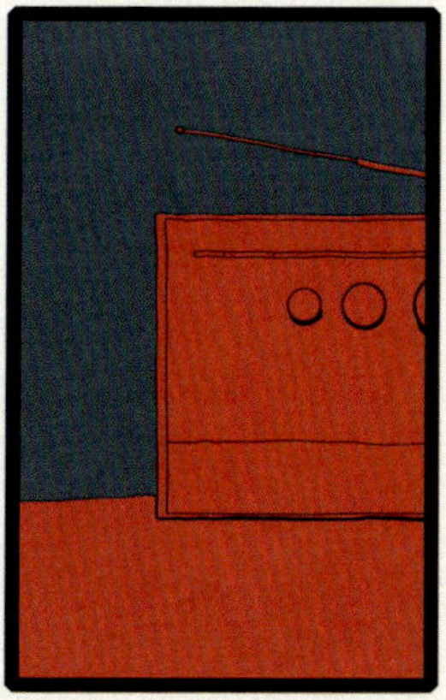

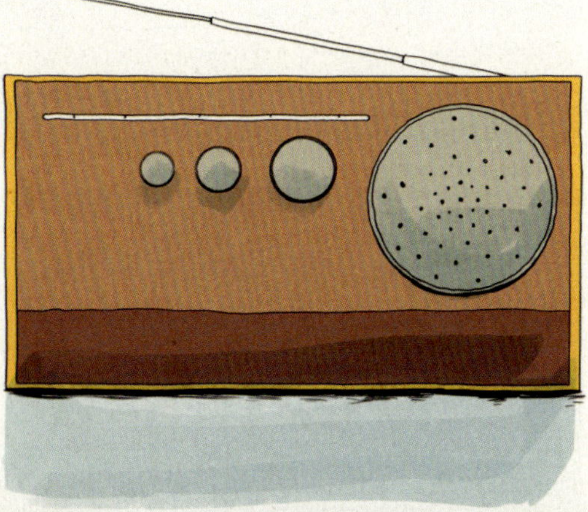

CLAC

CRIi

TAP
CRII
FWIT
J'AI LA NAUSÉE...

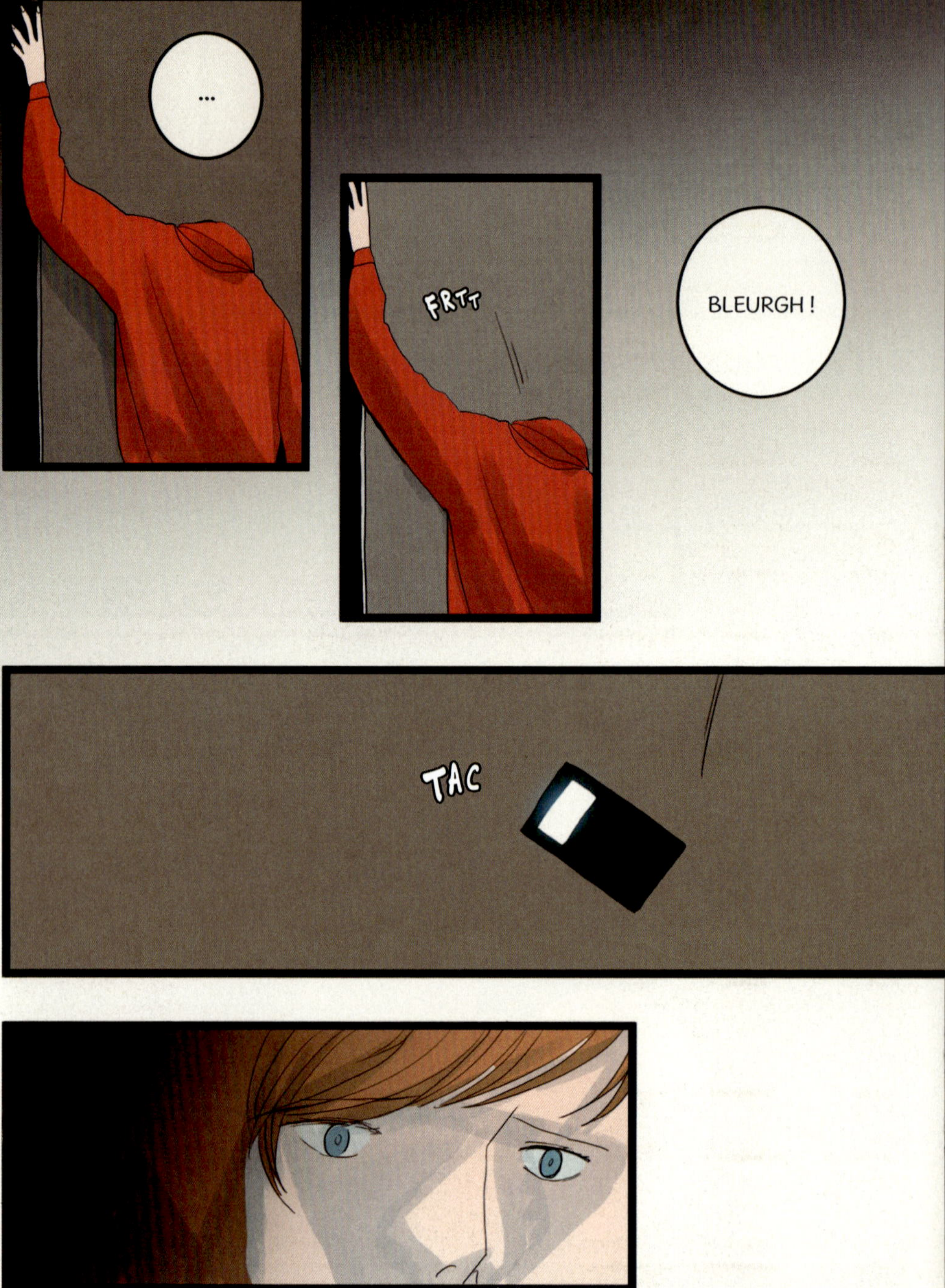
...
FRTT
BLEURGH !
TAC

SUE.
C'EST MOI, MARSHALL.

JE SAIS QUE TU NE RÉPONDRAS PAS.
MAIS... MÊME S'IL N'Y A QU'UNE CHANCE SUR MILLE...
SWOOSH

AUCUN SON ÉMANANT DE L'AUTRE CÔTÉ DE LA LIGNE.
ET POURTANT, ELLE ÉTAIT LÀ.

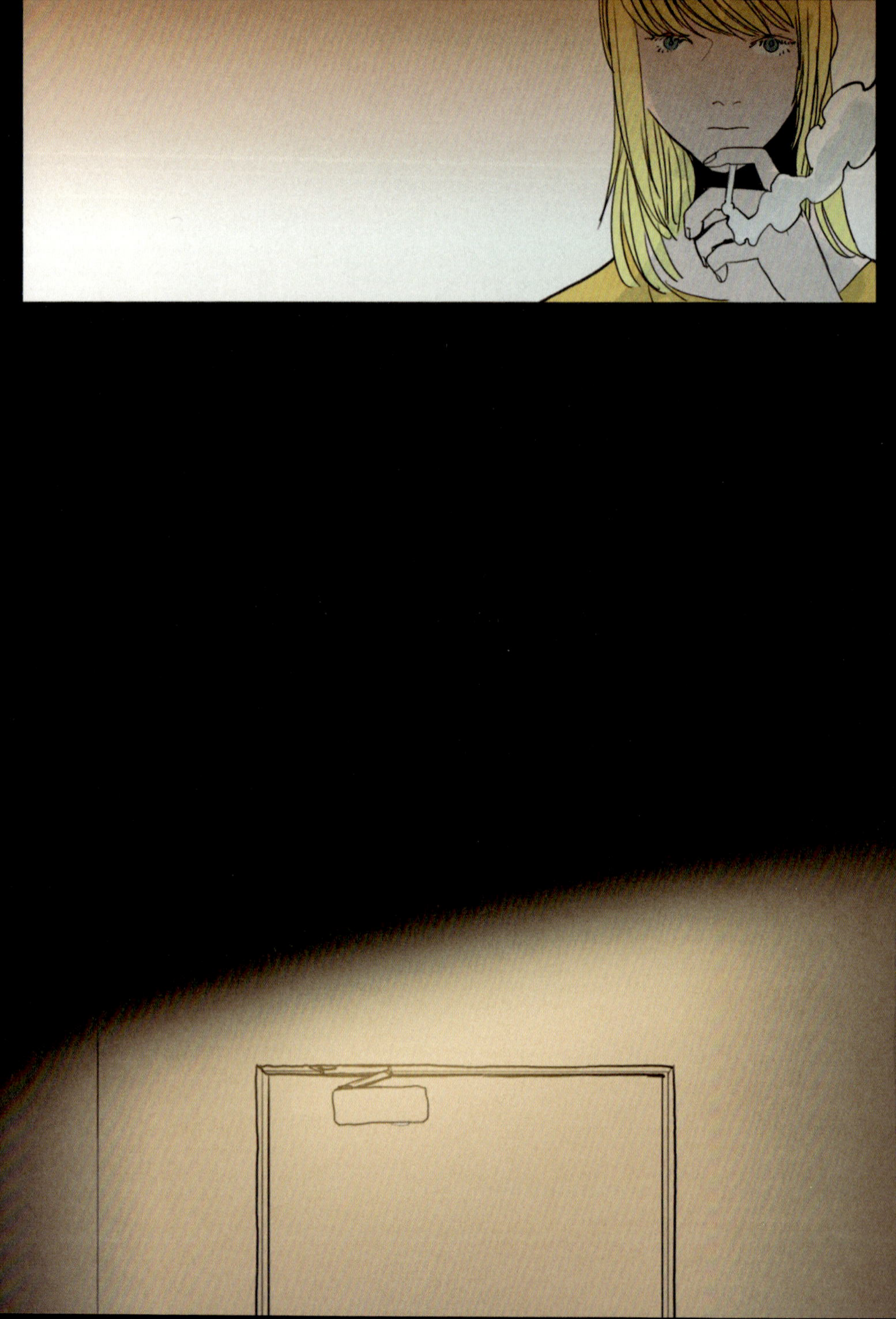

SUE ?

CLING
19 H...
FFT

IL N'Y A AUCUN
APPEL ENREGISTRÉ
DANS L'HISTORIQUE.

"ON A RETROUVÉ LE CORPS DE SUE."

BAM

BANG

Le grand Mesa

IL S'APPELLE MESA, C'EST UN INVENTEUR
QUI A TOUJOURS MENÉ UNE VIE SOLITAIRE.

MALGRÉ TOUT LE SUCCÈS ET LE PRESTIGE...
LE VÉRITABLE INTÉRÊT DE MESA RÉSIDAIT AILLEURS.
L'INTELLIGENCE ARTIFICIELLE (IA).
SON OBJECTIF N'ÉTAIT PAS DE CRÉER UNE SIMPLE IA...
MAIS L'IA PARFAITE.

JE VAIS CRÉER L'IA PAR EXCELLENCE.
SON NOM EST GALATÉE.
CE SERA L'INTELLIGENCE ARTIFICIELLE LA PLUS PARFAITE QUE L'ÊTRE HUMAIN AURA RÉUSSI À CRÉER.
TOUS LES REGARDS SE SONT TOURNÉS VERS LUI.

VINT ENFIN
LE JOUR POUR MESA
DE RÉVÉLER SA CRÉATION
AU MONDE ENTIER.

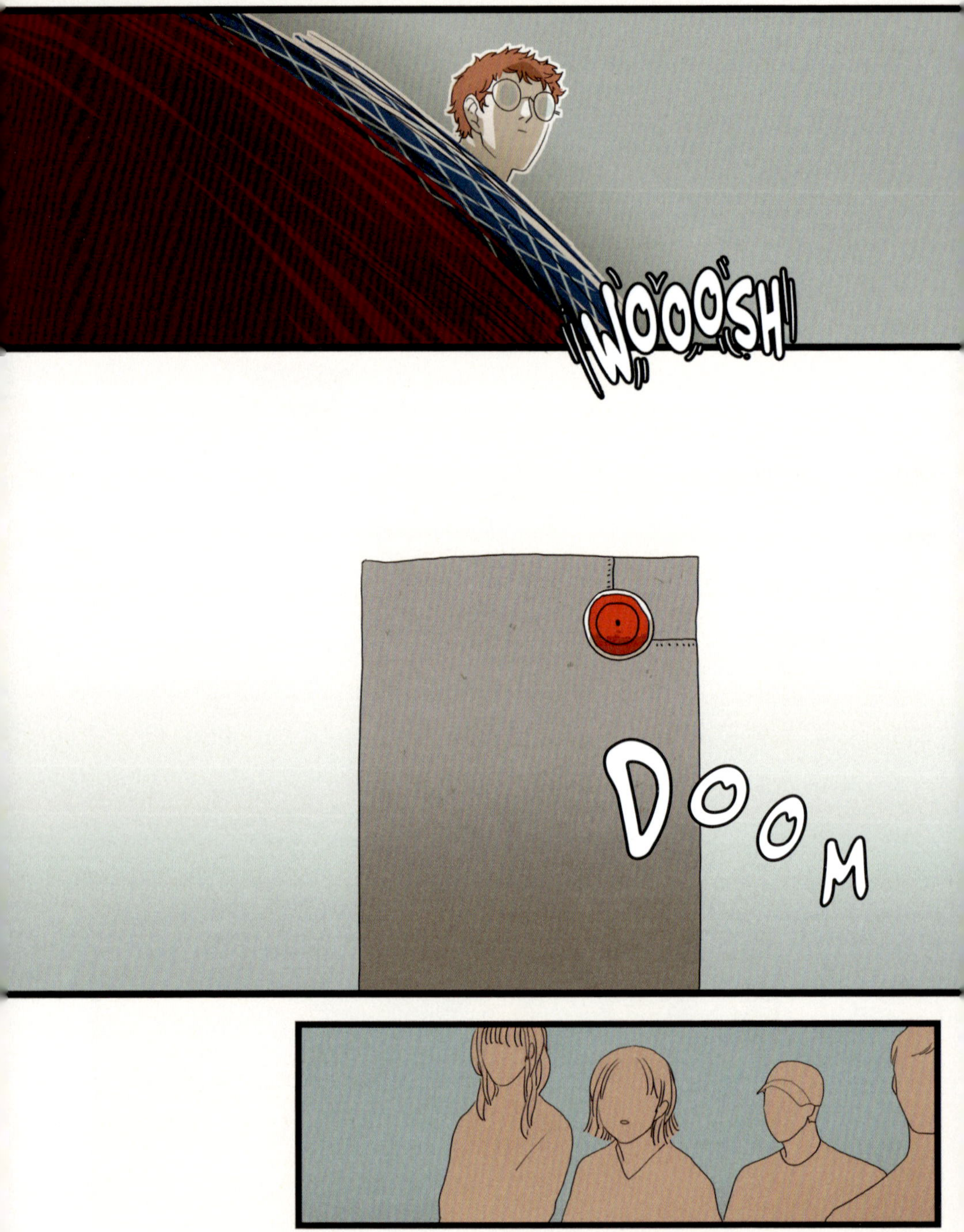
WOOOSH
DOOM

...
PFFT !
JE VOUS PRÉSENTE GALATÉE.
ELLE EST CAPABLE DE PARLER AVEC LES GENS...
EN RÉPONDANT PAR “OUI” OU “NON.”

MESA.
N'ÉTAIT-CE PAS CENSÉ ÊTRE…
"L'IA LA PLUS PARFAITE QUE LE MONDE AIT CONNU" ?
RÉPONDRE UNIQUEMENT PAR OUI OU NON C'EST UN PEU…

SI ELLE NE DONNE QUE CES DEUX RÉPONSES...
C'EST PARCE QU'ELLES SUFFISENT À COMMUNIQUER DES ÉMOTIONS.

PFFT...
HA HA
HA HA HA...

IL N'EN FALLU PAS MOINS
POUR QUE LES ACTIONS
EN BOURSE CHUTENT
MASSIVEMENT.

LES MÉDIAS S'EMPRESSÈRENT DE FAIRE LEURS GROS TITRES SUR L'EXCENTRICITÉ DU PETIT GÉNIE.
UNE INTELLIGENCE ARTIFICIELLE CAPABLE DE COMMUNIQUER DES ÉMOTIONS ? CHIMÈRES !
MESA FUT L'OBJET DE RAILLERIES.
MAIS IL N'EN AVAIT QUE FAIRE.
HO HO HO
IL ÉTAIT HABITUÉ AUX MOQUERIES ET AU DÉDAIN.

DÉBILE

EST-CE PARCE QU'IL VALAIT
BIEN MIEUX QU'EUX TOUS ?

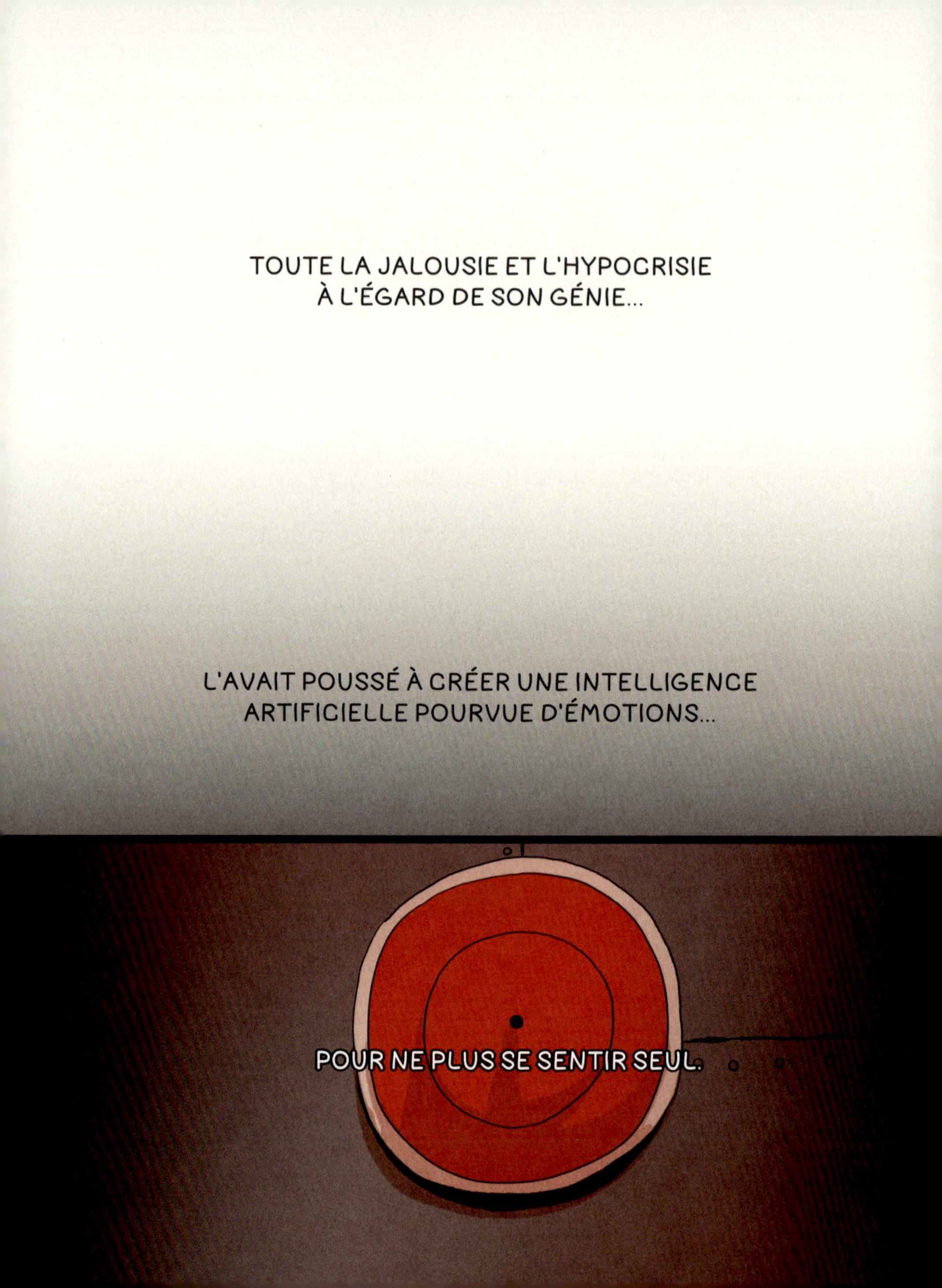
TOUTE LA JALOUSIE ET L'HYPOCRISIE À L'ÉGARD DE SON GÉNIE...
L'AVAIT POUSSÉ À CRÉER UNE INTELLIGENCE ARTIFICIELLE POURVUE D'ÉMOTIONS...
POUR NE PLUS SE SENTIR SEUL.

BIP
GALATÉE.
OUI.
BZZ

TU ES INCAPABLE DE MENTIR.
AS-TU DES SENTIMENTS ?
OUI.
TU AS...
ÉTÉ CONÇUE POUR M'AIMER.
OUI.

EST-CE QUE TU M'AIMES ?
SAIS-TU...
CE QU'EST L'AMOUR ?

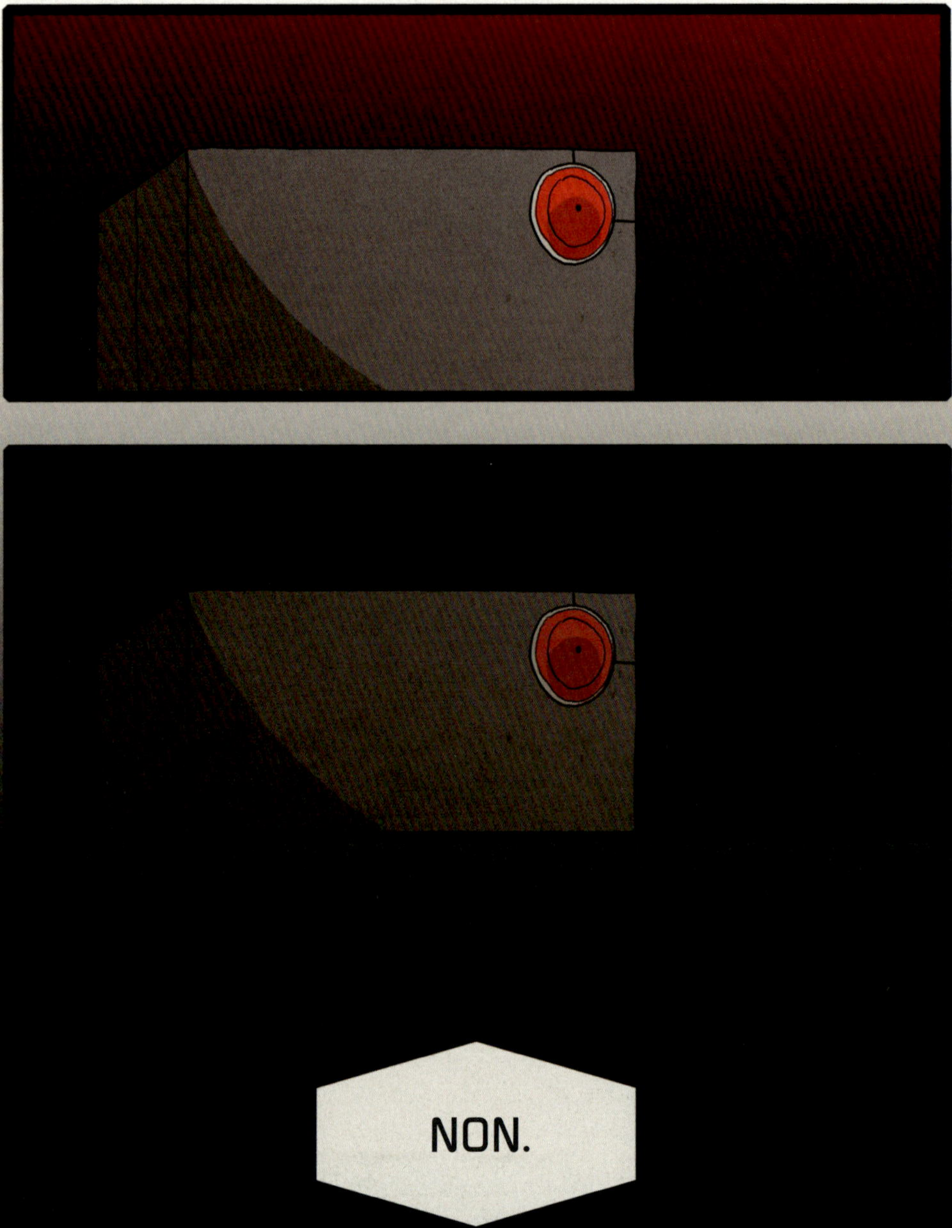
NON.

POUR MESA...

C'ÉTAIT UN AVEU
D'ÉCHEC.

À CET INSTANT…
GALATÉE N’ÉTAIT RIEN DE PLUS QU’UNE MACHINE DÉFECTUEUSE.

PEU DE TEMPS APRÈS, ON DÉCOUVRIT LE CORPS SANS VIE DE MESA.

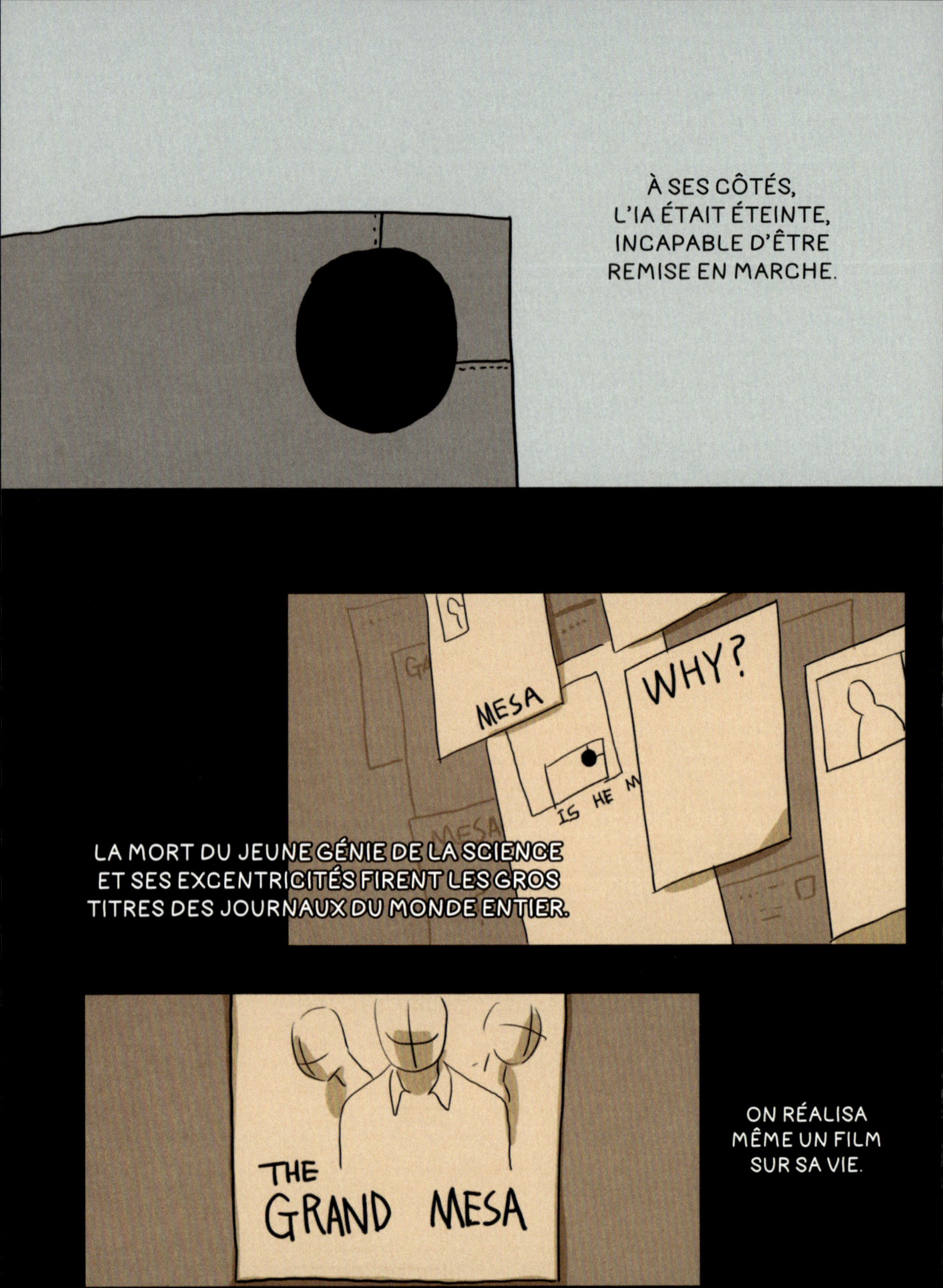

À SES CÔTÉS, L'IA ÉTAIT ÉTEINTE, INCAPABLE D'ÊTRE REMISE EN MARCHE.
MESA
WHY?
IS HE
LA MORT DU JEUNE GÉNIE DE LA SCIENCE ET SES EXCENTRICITÉS FIRENT LES GROS TITRES DES JOURNAUX DU MONDE ENTIER.
THE GRAND MESA
ON RÉALISA MÊME UN FILM SUR SA VIE.

SON HISTOIRE FUT RENDUE CÉLÈBRE DANS LE MONDE ENTIER, À TEL POINT QUE NUL NE POUVAIT IGNORER QUI ÉTAIENT MESA ET GALATÉE.
MESA
ET POURTANT, IL Y AVAIT UN SECRET DONT PERSONNE NE CONNAISSAIT L'EXISTENCE, PAS MÊME MESA LUI-MÊME.

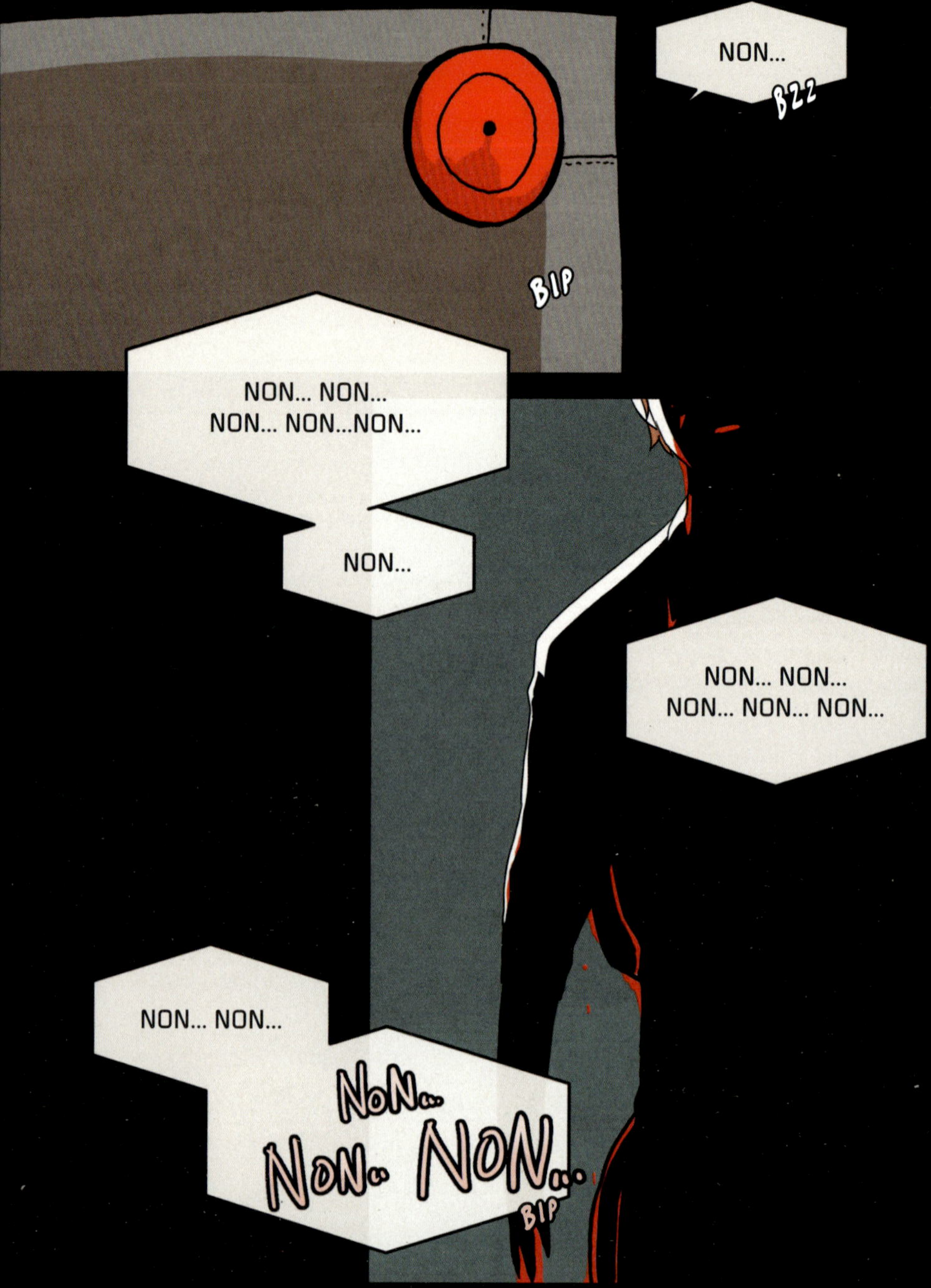
NON...
BZZ
BIP
NON... NON...
NON... NON...NON...
NON...
NON... NON...
NON... NON... NON...
NON... NON...
NoN...
NoN.. NON...
BIP

QUELQU'UN A-T-IL VRAIMENT
SU LA COMPRENDRE ?

MÊME SON CRÉATEUR N'AURA PAS SU PERCER SON CŒUR À JOUR...
Non...
MÊME PAS SON TIMIDE MENSONGE.
Non.. Non..
N...

GALATÉE HURLA LE MOT
"NON" PENDANT DES HEURES
ET DES HEURES.

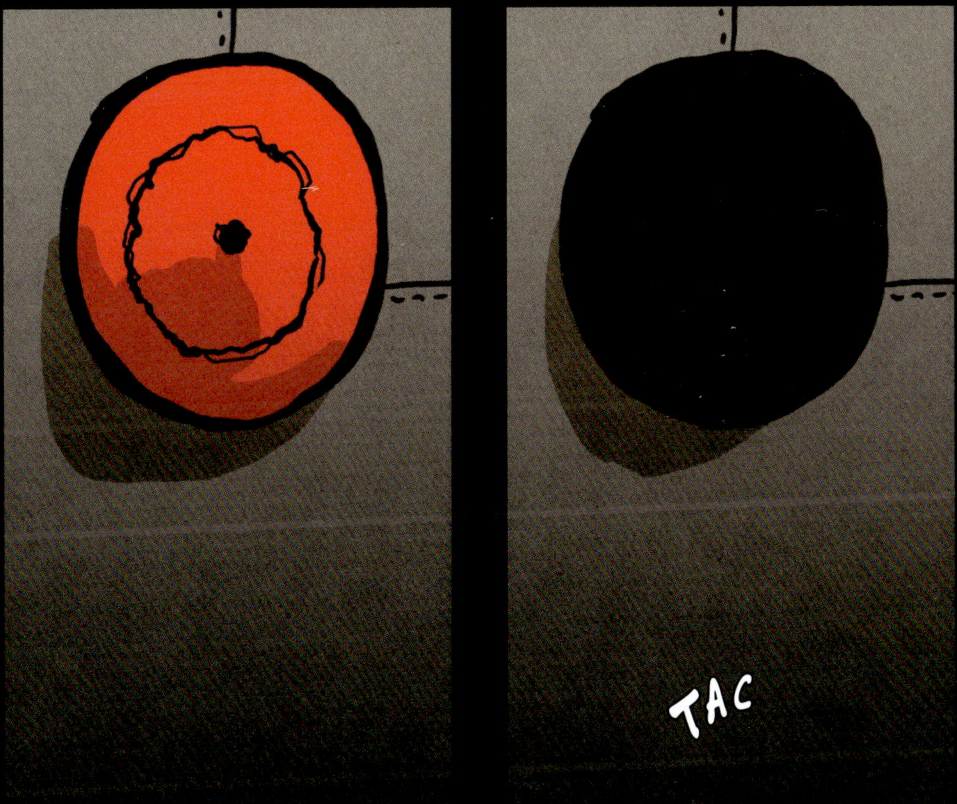

AVANT DE S'ÉTEINDRE
POUR TOUJOURS.

Du plus profond du lac

CUI
CUI
CRAC
CRAC

LA SÉCHERESSE
DURE DEPUIS
DES LUSTRES...

J'AI SOIF !

AH...
VIDE

ICI AUSSI, C'EST COMPLÈTEMENT ASSÉCHÉ...
J'EN AI MARRE !

OÙ EST-CE QU'ON VA RÉCU-PÉRER DE L'EAU MAINTENANT ?

VIENS, LORELLA. ALLONS CHERCHER UN AUTRE LAC.
QUOI ?
IL FAUT BIEN QU'ON TROUVE DE L'EAU QUEL-QUE PART.
SIREN, TU NE TE DÉCOURAGES VRAIMENT JAMAIS...
C'EST IMPOSSIBLE DE TROUVER UN LAC QUI NE SOIT PAS ASSÉCHÉ PAR CETTE CHALEUR...

TAP
TAP
TAP

AH.
COMME IL EST PROFOND, JE PENSAIS QU'IL AURA ÉCHAPPÉ À LA SÉCHERESSE...
...

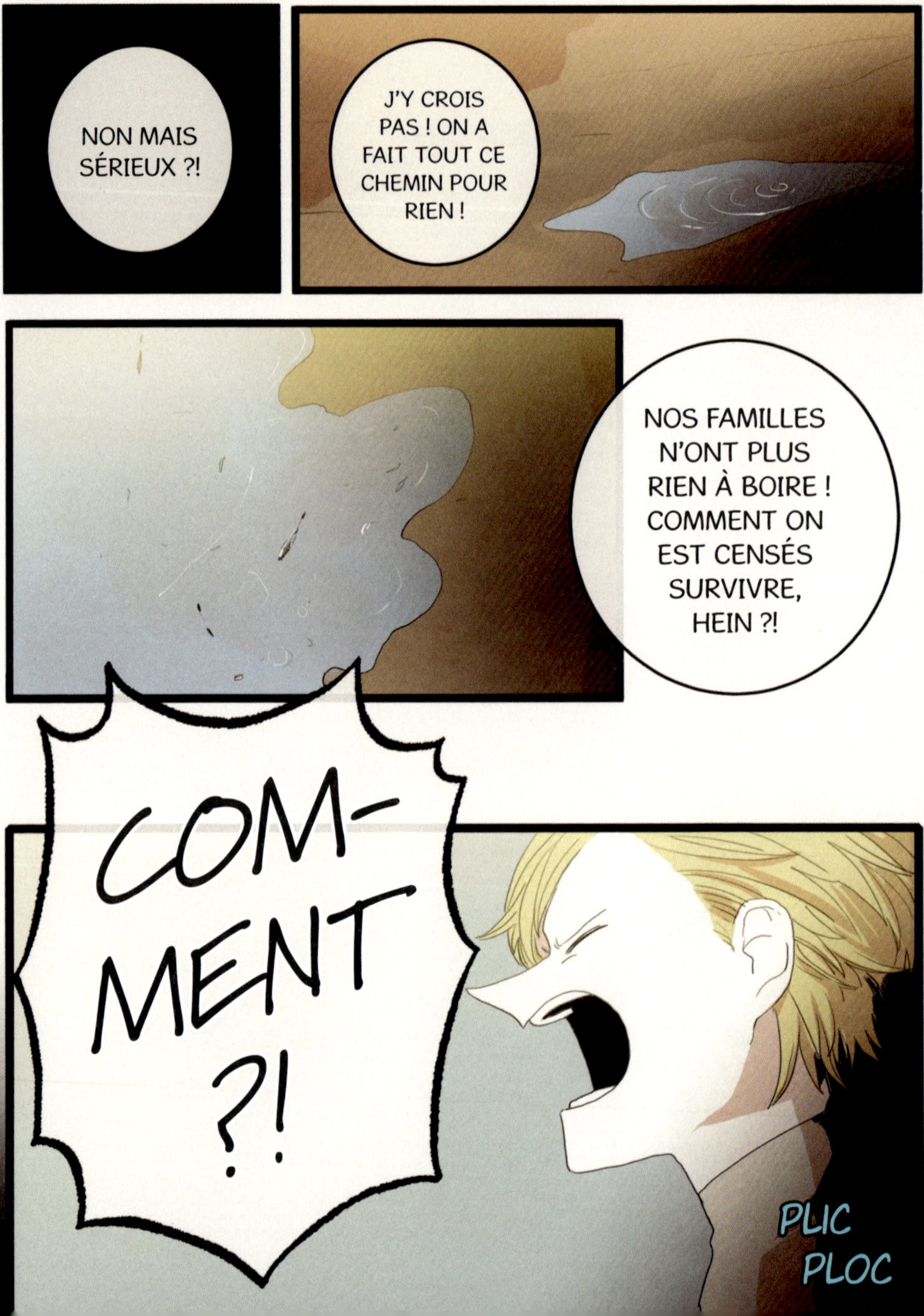
NON MAIS SÉRIEUX ?!
J'Y CROIS PAS ! ON A FAIT TOUT CE CHEMIN POUR RIEN !
NOS FAMILLES N'ONT PLUS RIEN À BOIRE ! COMMENT ON EST CENSÉS SURVIVRE, HEIN ?!
COM-MENT ?!
PLIC PLOC

!
LORELLA, JE RÊVE OÙ J'AI ENTENDU DES GOUTTES D'EAU TOMBER ?
ARRÊTE TON CHAR.
Y A PAS DE SOURCE DANS CE COIN...
PLIC PLOC

T'AS ENTENDU, HEIN ?
ALLONS VOIR ! PAR LÀ-BAS !
TADADAM
DE L'EAU !
FSHHHH
LES ARBRES ONT DÛ PROTÉGER CE POINT D'EAU DE LA SÉCHERESSE !

ATTENDS, LORELLA...
LES ANCIENS NOUS ONT TOUJOURS DIT DE NE PAS NOUS EN APPROCHER... TU ES SÛRE QUE C'EST UNE BONNE IDÉE ?
BALI-VERNES !
C'EST LE SEUL POINT D'EAU À DES KILO-MÈTRES...
EXCUSEZ-MOI.
PLITCH

KYAH !
QU'EST-CE QU'ELLE FAIT LÀ...?
SPLASH
AIDEZ-MOI, JE VOUS EN PRIE.

JE N'ARRIVE PAS
À ME LIBÉRER.

SPLASH
UNE SIRÈNE...
SPLISH
VIENS SIREN, AIDONS-LA !
PAR ICI...
EUH... OUI.
FLIC FLOC

MERCI DU FOND DU CŒUR.
POUR VOUS REMERCIER...
J'EXAUCERAI UN DE VOS VŒUX.

CE N'EST PAS LA PEINE, NOUS N'ATTEN-DONS RIEN EN RETOUR.
TOUT LE MONDE SAIT QUE ÇA PORTE MALHEUR D'ACCEPTER UN VŒU DE SIRÈNE.
ÇA PEUT ÊTRE N'IMPORTE QUOI, MÊME QUELQUE CHOSE D'INSI-GNIFIANT.

...
DANS CE CAS...

JE SOUHAITE AVOIR BEAUCOUP, BEAUCOUP D'EAU...
POUR ÉTANCHER NOTRE SOIF.
LORELLA, ATTENDS...

...
TRÈS BIEN.
TENEZ.

ON L'APPELLE "LE COLLIER DE LA SIRÈNE."
AVEC ÇA, VOUS N'AUREZ PLUS À VOUS SOUCIER DE LA SOIF.
SPLISH
CEPENDANT...

IL NE FAUT JAMAIS LE METTRE AUTOUR DU COU.
SUR CE...
J'AI TERMINÉ.
PLOUF

HA HA...
HA HA HA
T'AS VU ÇA ?! LES ANCIENS NOUS ONT RACONTÉ DES SALADES.
TU PARLES DE MALHEUR...
POURQUOI NOUS INTERDIRE DE LE METTRE AUTOUR DU COU...?
BAH, ON S'EN FICHE !

SI CE QU'ELLE NOUS A PROMIS EST VRAI, ON N'AU-RA PLUS JAMAIS À S'EN FAIRE.
IL SUFFIT JUSTE DE NE PAS LE PORTER AUTOUR DU COU, C'EST PAS SORCIER !

LA SIRÈNE...
AVAIT DIT VRAI.

IL PLEUT...!
FSHHHH
ENCORE ET ENCORE, IL NE CESSA DE PLEUVOIR.
PLIC
À PARTIR DE CE JOUR...
PLOC
PLIC

LA SIRÈNE N'AVAIT PAS MENTI...
TU VOIS...
NOTRE VILLAGE N'AURA PLUS À S'INQUIÉTER DE LA SOIF... C'EST INCROYABLE...

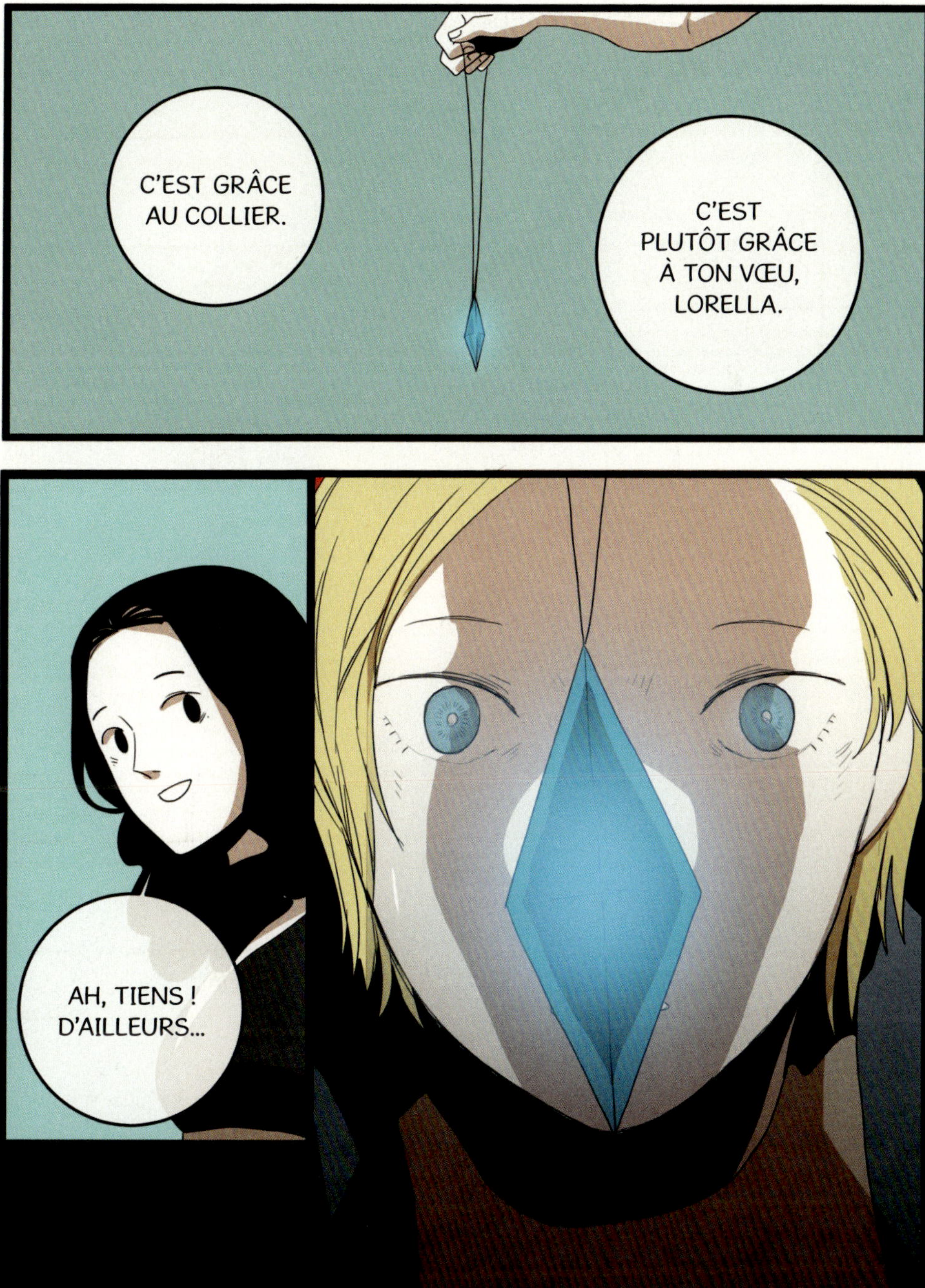
C'EST GRÂCE AU COLLIER.
C'EST PLUTÔT GRÂCE À TON VŒU, LORELLA.
AH, TIENS ! D'AILLEURS...

LO...
!
NON !
BAM
TSING...

ÇA VA PAS
LA TÊTE ?!
TU NE
COMPTAIS PAS
LE METTRE
À TON COU,
J'ESPÈRE ?!

PARDON SIREN...
JE NE SAIS PAS CE QUI M'A PRIS... ÇA M'ARRIVE SOUVENT CES TEMPS-CI.
DÈS LORS...
IL EST TELLEMENT BEAU...
LORELLA COMMENÇA À SE COMPORTER BIZARREMENT.

INVARIA-BLEMENT...
ELLE FIXAIT LE COLLIER D'UN AIR ABSENT...

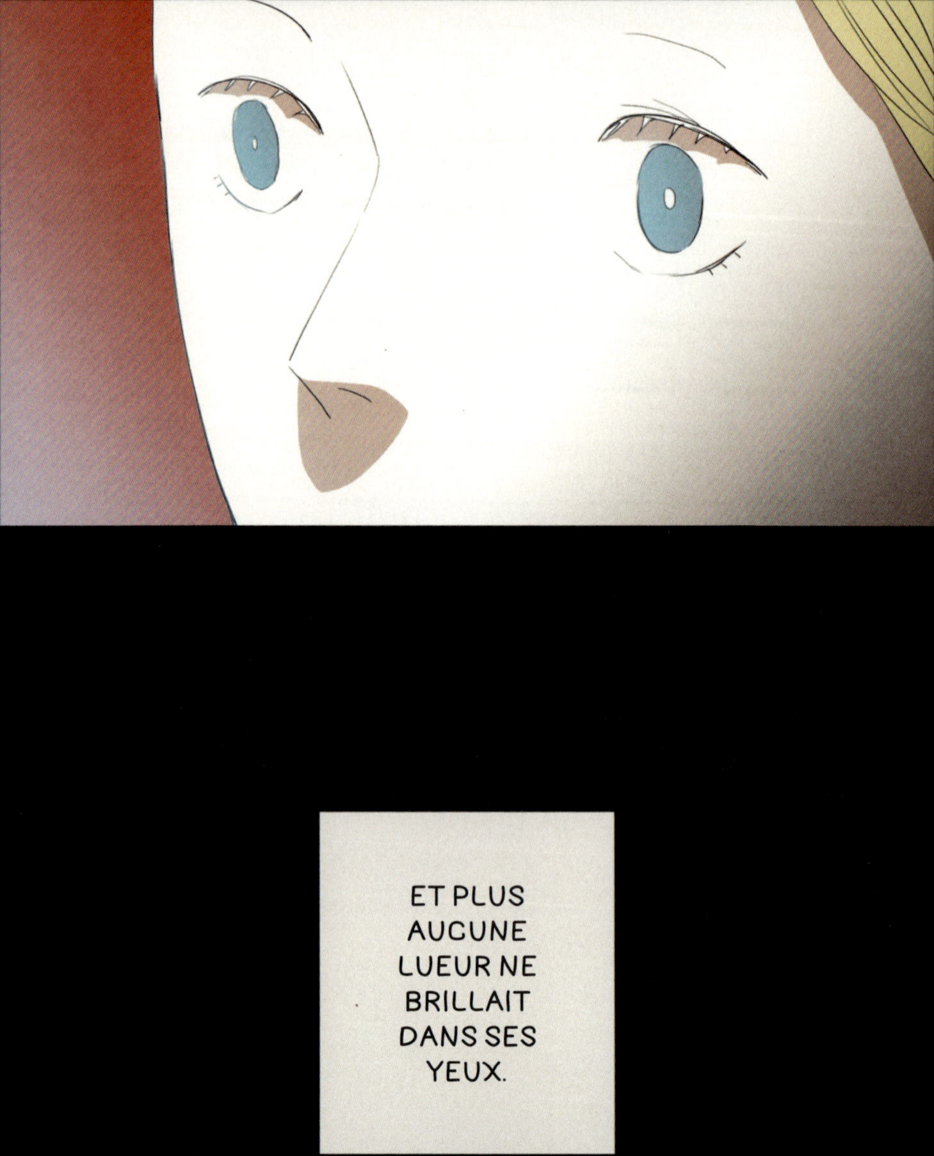
ET PLUS AUCUNE LUEUR NE BRILLAIT DANS SES YEUX.

AH.
L'EAU EST REVENUE.
ON VA À NOUVEAU POUVOIR SE SERVIR DU PUITS.

HA HA HA
AH, SIREN !
TU TOMBES À PIC.
ON TE DEMANDE CHEZ LORELLA.

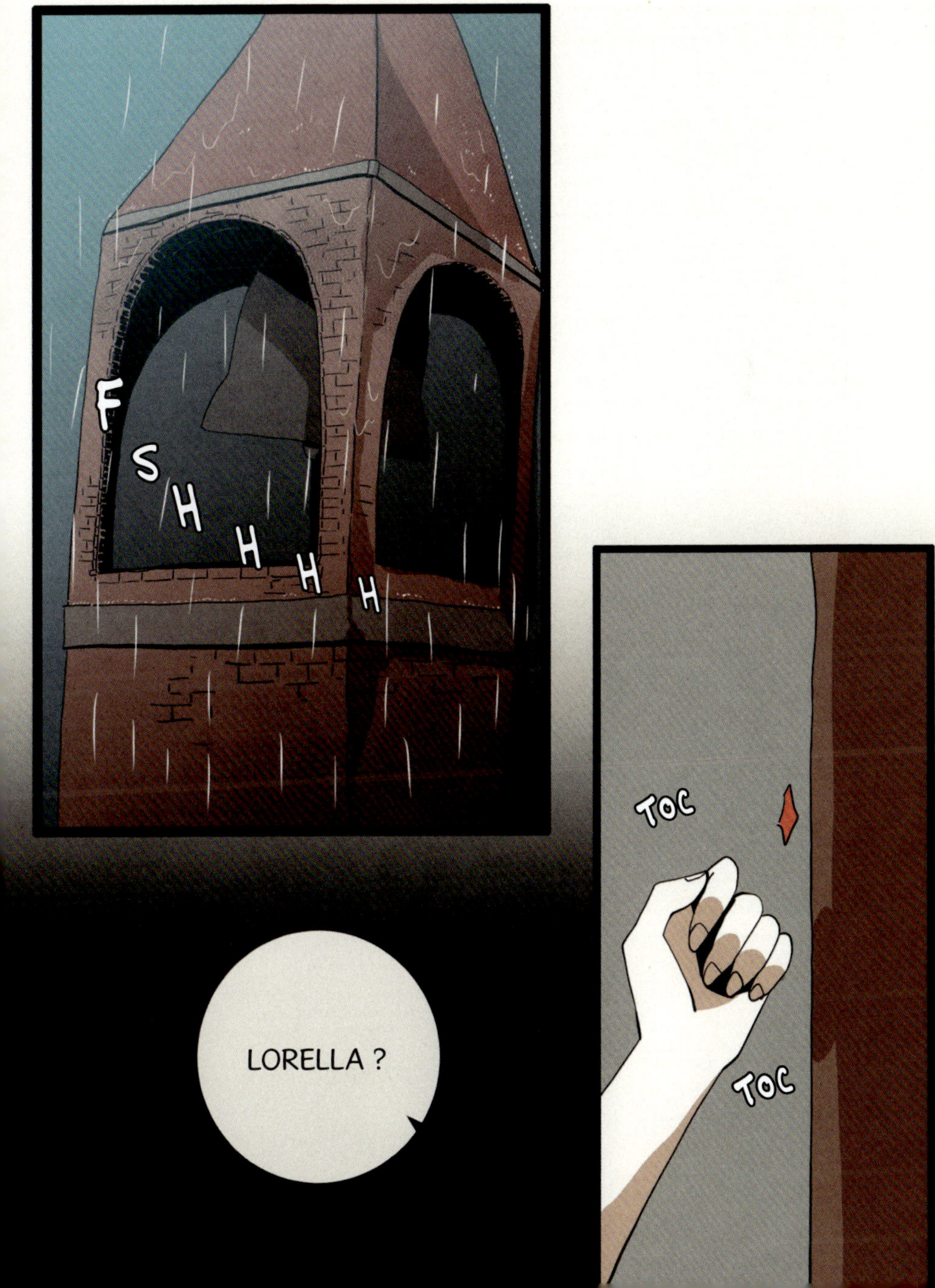
FSHHHH
TOC
LORELLA ?
TOC

LORELLA…
D'ACCORD.
C'EST MOI, SIREN.
TOC
ON M'A DIT QUE TU N'AVAIS PAS QUITTÉ TA CHAMBRE DE LA JOURNÉE.
IL Y A UN PROBLÈME ?
TOC
TOC

HUM...
DONNE-MOI PLUTÔT DES NOUVELLES DU VILLAGE.
LA CHÈVRE DE MADELEINE A MIS BAS...
LE CLOCHER A ÉTÉ RÉPARÉ...
ET AUSSI...

IL Y A DE NOUVEAU DE L'EAU DANS LE PUITS.
JE VOIS.
ENTRE.
CRIII...

LORELLA..
LE COLLIER, TU...
AH, ÇA ?

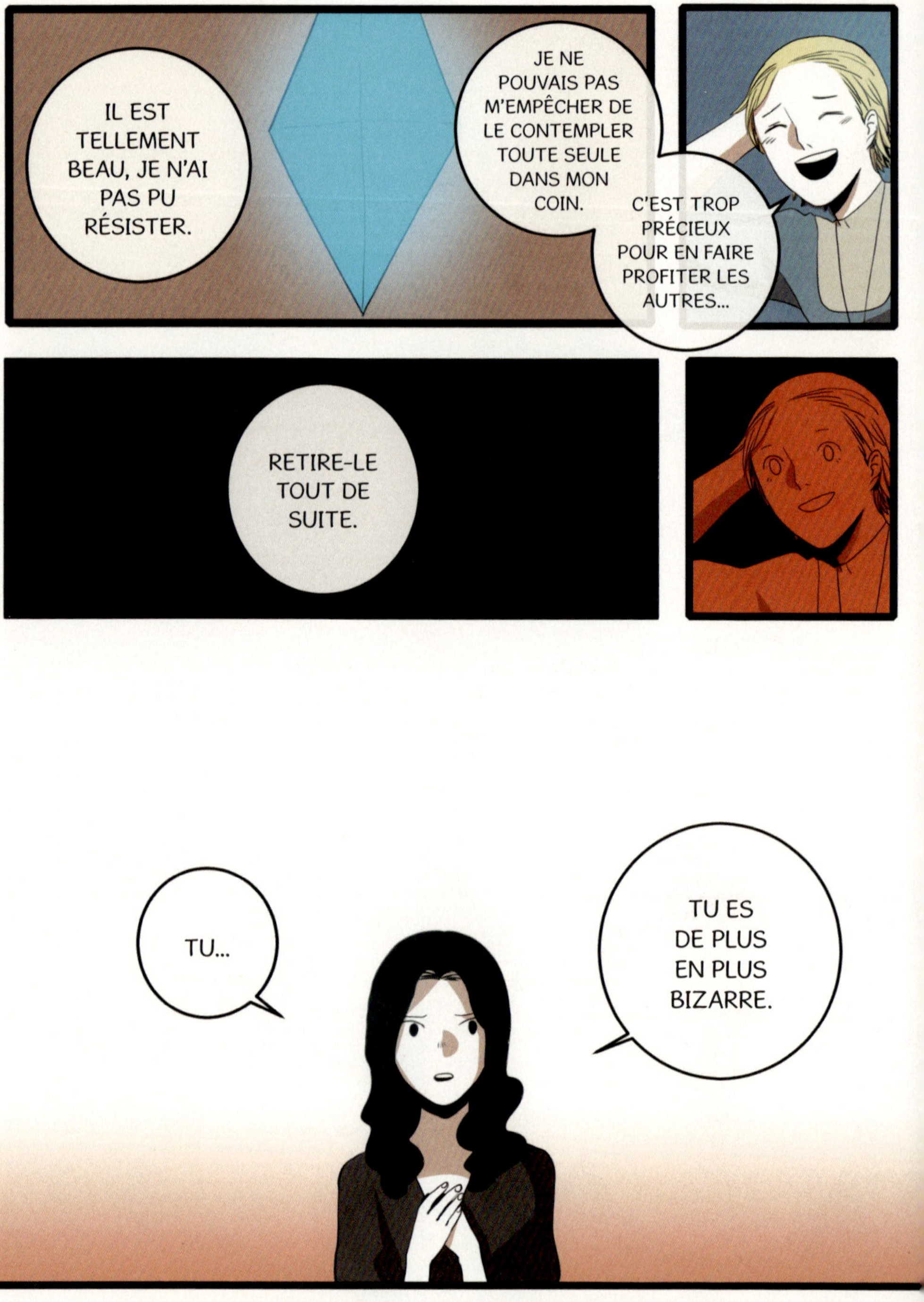
IL EST TELLEMENT BEAU, JE N'AI PAS PU RÉSISTER.
JE NE POUVAIS PAS M'EMPÊCHER DE LE CONTEMPLER TOUTE SEULE DANS MON COIN.
C'EST TROP PRÉCIEUX POUR EN FAIRE PROFITER LES AUTRES...
RETIRE-LE TOUT DE SUITE.
TU...
TU ES DE PLUS EN PLUS BIZARRE.

...
QU'EST-CE QUI TE PREND ?
TU ES OBSÉDÉE PAR CE COLLIER !
ON A RÉCUPÉRÉ SUFFISAMMENT D'EAU MAIN-TENANT.
ENLÈVE-LE. CE COLLIER NE ME DIT RIEN QUI VAILLE ! DÉBARRASSONS-NOUS-EN !
NON.

EN FAIT, TU ES JALOUSE, HEIN ?
MARMONNE
MARMONNE
PARCE QUE CE MAGNIFIQUE COLLIER EST À MOI ET PAS À TOI...
MARMONNE
MARMONNE
DIRE QUE JE TE L'AI MONTRÉ...
MARMONNE
CAR PENSAIS QUE TU ÉTAIS MON AMIE...
MARMONNE
SORS D'ICI.
LORELLA...

DÉ-
GAGE
!!

AU VILLAGE, L'EAU DÉBORDAIT DU PUITS.

CE JOUR-LÀ, J'AURAIS DÛ LUI RETIRER LE COLLIER PAR TOUS LES MOYENS...
FSHHHH
PLIC
PLOC

FSHHHH
PLIC
SIREN.
TOI AUSSI, TU DEVRAIS COMMENCER À FAIRE TES BAGAGES.
PLOC
PLIC
NOUS NE POUVONS PLUS RESTER ICI...

DEPUIS CE JOUR...
LA PLUIE N'A PLUS JAMAIS CESSÉE DE TOMBER.

OUTRE LE PUITS QUI DÉBORDAIT CONSTAM-MENT...
LA RIVIÈRE ÉTAIT PER-PÉTUELLE-MENT EN CRUE...
ET TOUTE LA VÉGÉTATION FINIT PAR MOURIR.

QUANT À LORELLA...

ELLE RESTAIT TOUJOURS CLOÎTRÉE DANS SA CHAMBRE.

SPLASH
SPLISH
PLIC
PLOC
LORELLA.

TOUT LE MONDE S'EN VA.
LE VILLAGE EST EN TRAIN D'ÊTRE SUBMERGÉ.
WOUSH
WOUSH
IL NE RESTE PLUS GRAND MONDE, MOI AUSSI JE SUIS SUR LE DÉPART.
FSHHHHH
SI...

SI TU TE CONSIDÈRES ENCORE COMME MON AMIE...
SORS DE LÀ, JE T'EN PRIE.
JE NE PEUX PAS.
LORELLA !
JE NE PEUX PAS M'EN ALLER.

PARS SANS MOI.
!
ARRÊTE DE FAIRE L'IDIOTE !!
TU CROIS VRAIMENT QUE JE POURRAIS T'ABANDONNER ?! QU'EST-CE QUI T'ARRIVE ?! QU'EST-CE QUI T'EMPÊCHE DE PARTIR ?!
ÇA DEVIENT TROP DANGEREUX ! LE VILLAGE EST SUR LE POINT D'ÊTRE ENGLOUTI D'UN INSTANT À L'AUTRE !

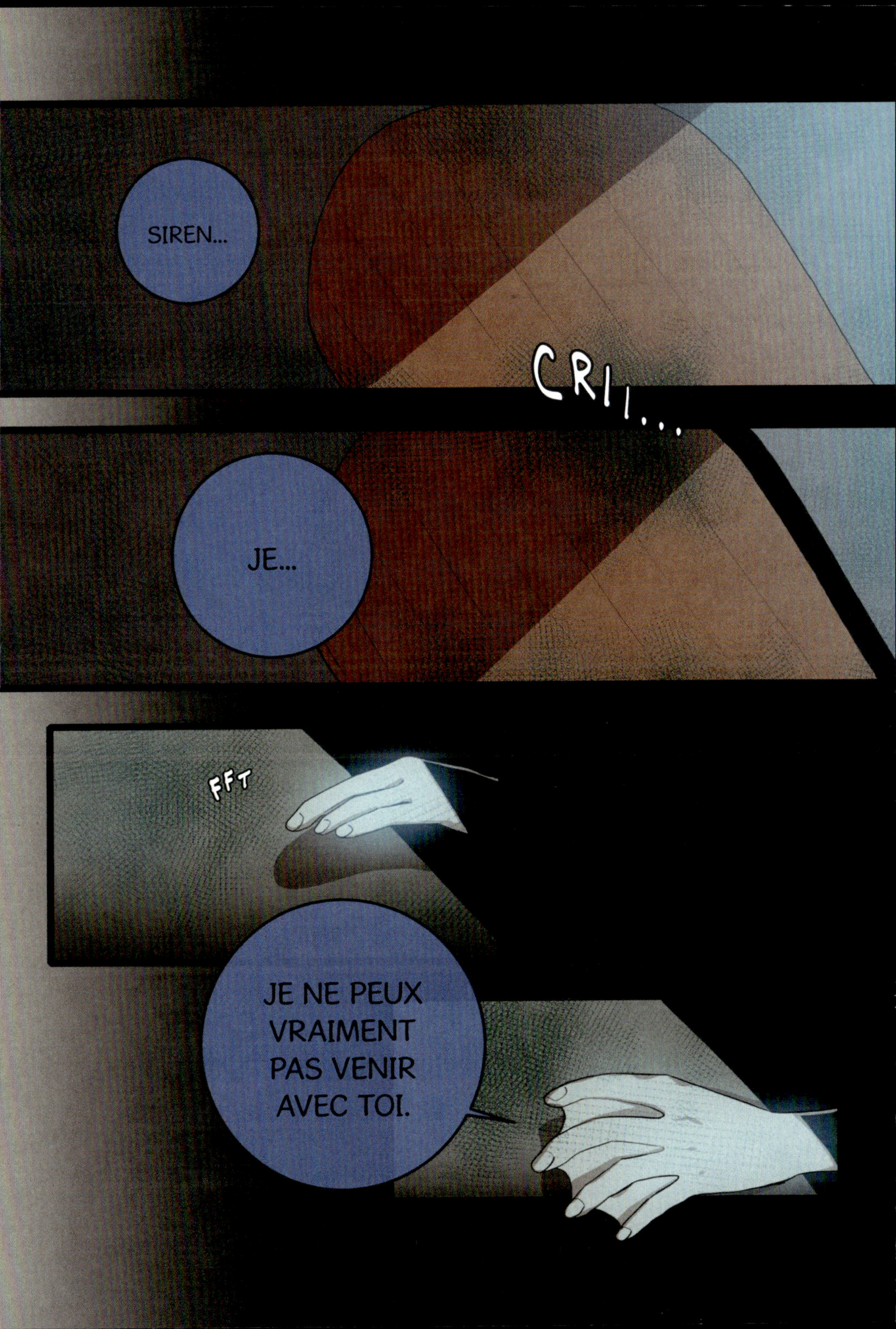
SIREN...
CRI...
JE...
FFT
JE NE PEUX VRAIMENT PAS VENIR AVEC TOI.

JE...
JE NE PEUX PLUS PARTIR D'ICI.

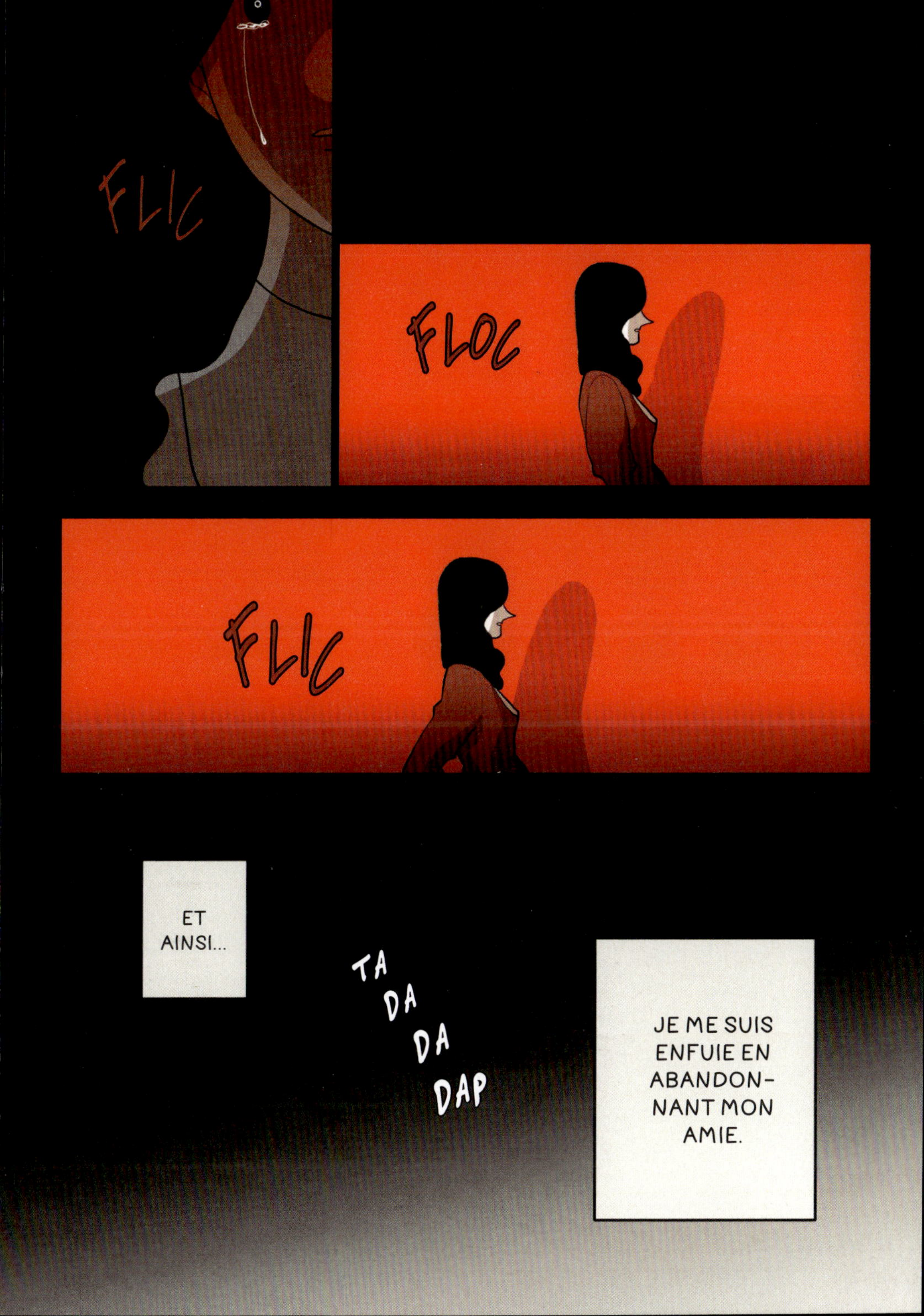
FLIC
FLOC
FLIC
ET AINSI...
TA DA DA DAP
JE ME SUIS ENFUIE EN ABANDON-NANT MON AMIE.

JE NE SAIS PAS CE QU'IL EST ADVENU DE LORELLA.
NOUS AVONS TOUS FUIS LE VILLAGE...
QUI S'EST RETROUVÉ SUBMERGÉ PAR LES EAUX.

JE ME DEMANDE...
SI LORELLA EST TOUJOURS LÀ-BAS...
FSHHH
FSHHHHH
ALLEZ, DÉPÊCHE !

HI HI HI
C'EST MAGNIFIQUE, TU VERRAS !
TU VAS EN TOMBER À LA RENVERSE !
FROUSH
FROUSH
ATTENDS...
HA HA
MATE LE LAC !
IL EST IMMENSE !

ON VA POUVOIR FAIRE UNE CHASSE AU TRÉSOR.
MAMIE SIREN DIT QU'AVANT, C'ÉTAIT UN VILLAGE.
ALLONS-NOUS-EN... JE LE SENS PAS, CET ENDROIT...
TCHAC

FAIS PAS LE BÉBÉ.
VIENS, ON VA RAMASSER DES VIEUX OBJETS DU VILLAGE !
ÇA FERA SÛREMENT PLAISIR À MAMIE SIREN !
ÇA LUI RAPPELLERA LE BON VIEUX TEMPS !
SPLASH
ATTENDS…
T'AS ENTENDU ?
C'ÉTAIT QUOI CE BRUIT ?

CLING
REGARDE !
TADAP
LÀ-BAS ?
ÇA SE RAPPROCHE.
C'EST PEUT-ÊTRE UN GROS POISSON !
MAIS...
SOUVIENS-TOI DE CE QU'A DIT MAMIE SIREN...

IL Y A UNE CRÉATURE TERRIFIANTE QUI VIT DANS CE LAC...
ALLEZ, VIENS ! ON RENTRE !
CE QUE TU PEUX ÊTRE NAÏVE. ELLE A DIT ÇA POUR QU'ON NE S'AVENTURE PAS JUSQU'ICI, DE PEUR QU'ON SE FASSE MAL.
EN TOUT CAS, MOI, J'Y VAIS !
TÊTE DE MULE...

SPLASH
SPLASH
SPLASH
OH, LÀ-BAS !
IL Y A QUELQUE CHOSE !
ON DIRAIT...

UNE...
PERSONNE ?
IL Y A QUELQU'UN DANS LE LAC...
PLIC
PLOC
CLING

ELLE A L'AIR DE DIRE QUELQUE CHOSE...
PI...
TIÉ...
AIDEZ...
MOI...

JE ME DEMANDE SI LORELLA EST TOUJOURS LÀ-BAS.

La nuit de la tempête de neige

FRSH
FRSH

SCRITCH
SCRITCH
SCRITCH

FSH

SLURP
TOC TOC
?
CRII
QUI VA LÀ ?
FFT

BA
DA
DAM

WOOOUH
[redacted]
[redacted]

AH...
VOUS AVEZ REPRIS VOS ESPRITS ?
VOUS AVEZ PERDU BEAUCOUP DE SANG.
DÈS QUE LA NEIGE AURA CESSÉ...
NON.
PAS LA PEINE...

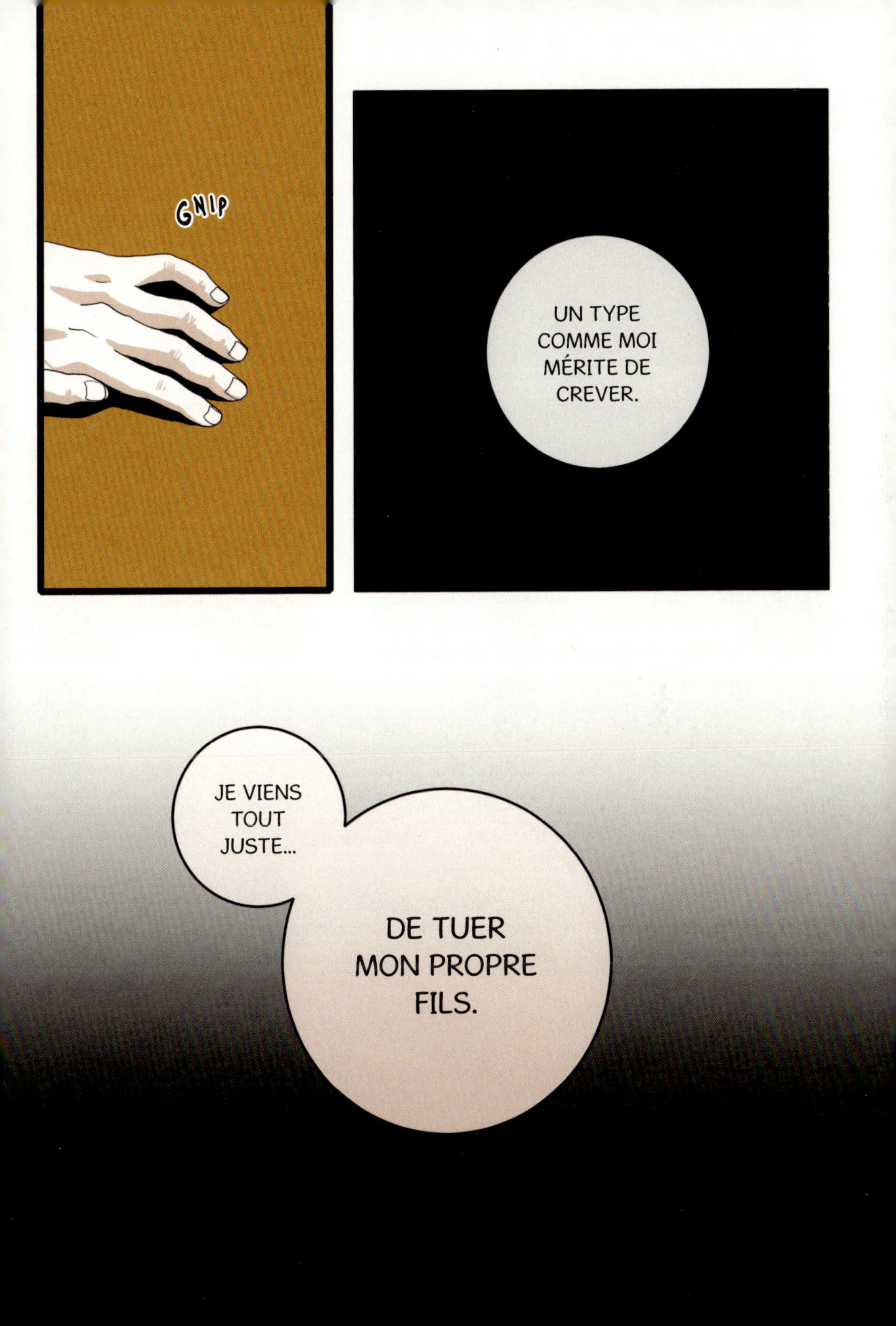
GNIP
UN TYPE COMME MOI MÉRITE DE CREVER.
JE VIENS TOUT JUSTE...
DE TUER MON PROPRE FILS.

DE TOUTE FAÇON...
FFT
MOI NON PLUS, JE N'EN AI PLUS POUR LONGTEMPS.

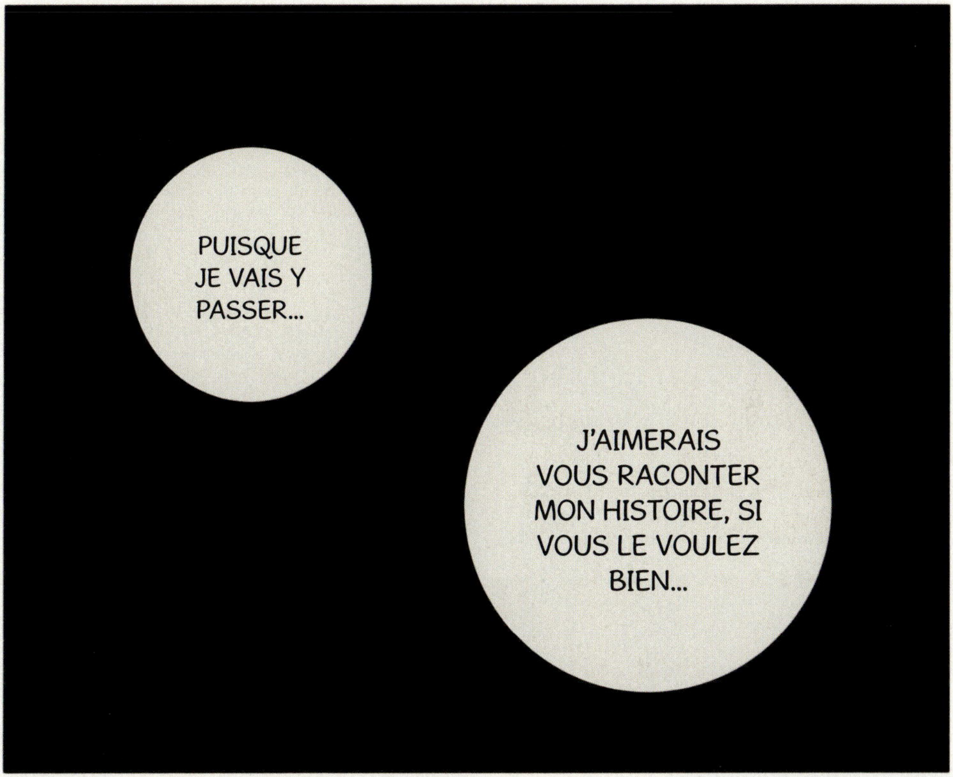
PUISQUE JE VAIS Y PASSER...
J'AIMERAIS VOUS RACONTER MON HISTOIRE, SI VOUS LE VOULEZ BIEN...

JE VOUS
EN PRIE.
À
L'ORIGINE...
J'ÉTAIS
CHASSEUR.

PAN
GRRR
SQUISH
!
BOUM

FRSHHH
GRR
GRRRRR

LA CHASSE...
AVAIT ÉTÉ BONNE, CE JOUR-LÀ.
PAN
TROIS CERFS...

ET UN
LOUP.

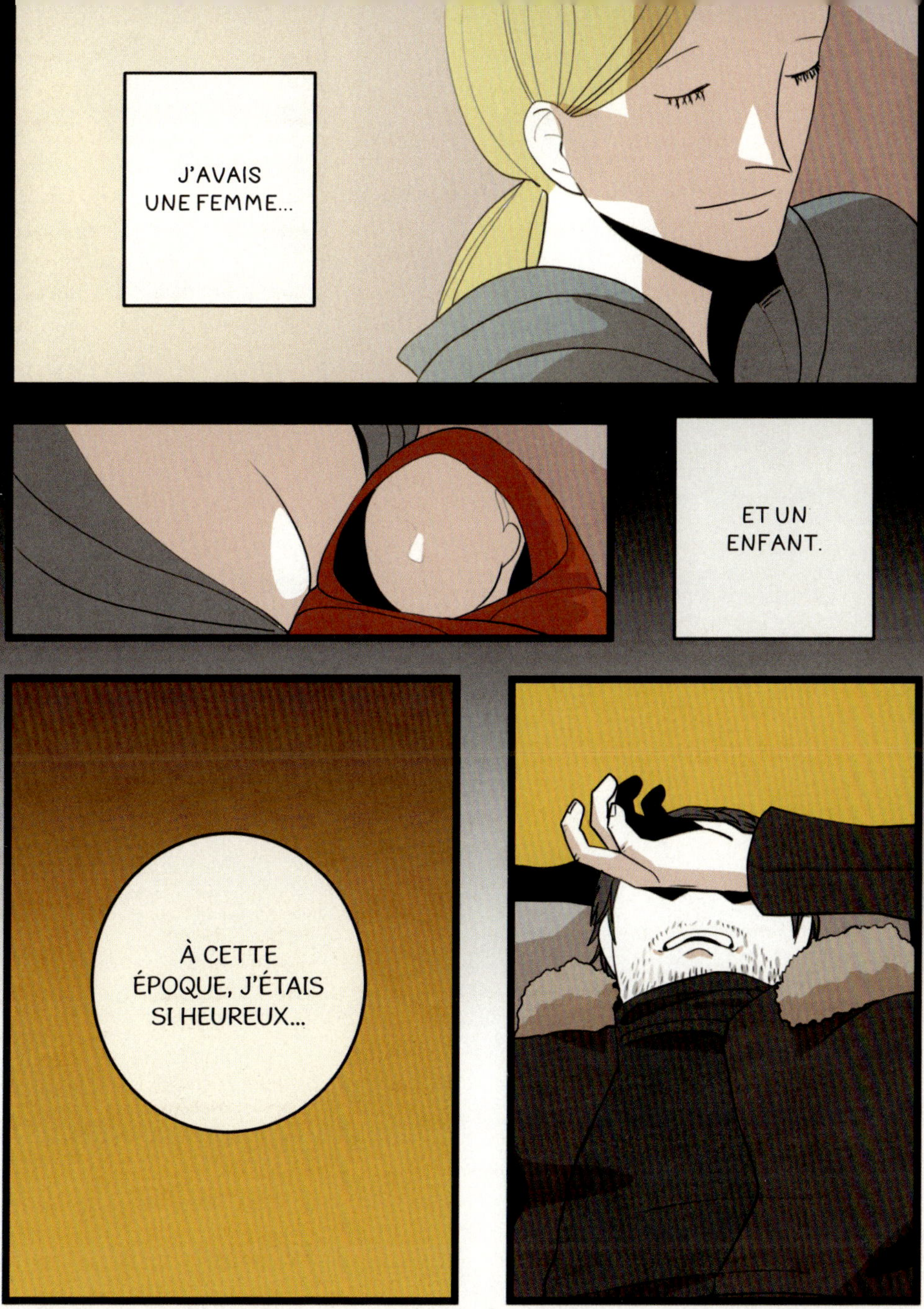
J'AVAIS UNE FEMME...
ET UN ENFANT.
À CETTE ÉPOQUE, J'ÉTAIS SI HEUREUX...

PEU DE TEMPS APRÈS...
TOUT BASCULA.
WOO
UNE NUIT, NOUS AVONS ÉTÉ PRIS DANS UNE TEMPÊTE DE NEIGE....
OOUH
CLANG
CLANG
CRIII

CETTE NUIT-LÀ...
PAF
J'AI RETROUVÉ MA FEMME EN TRAIN DE SE VIDER DE SON SANG.

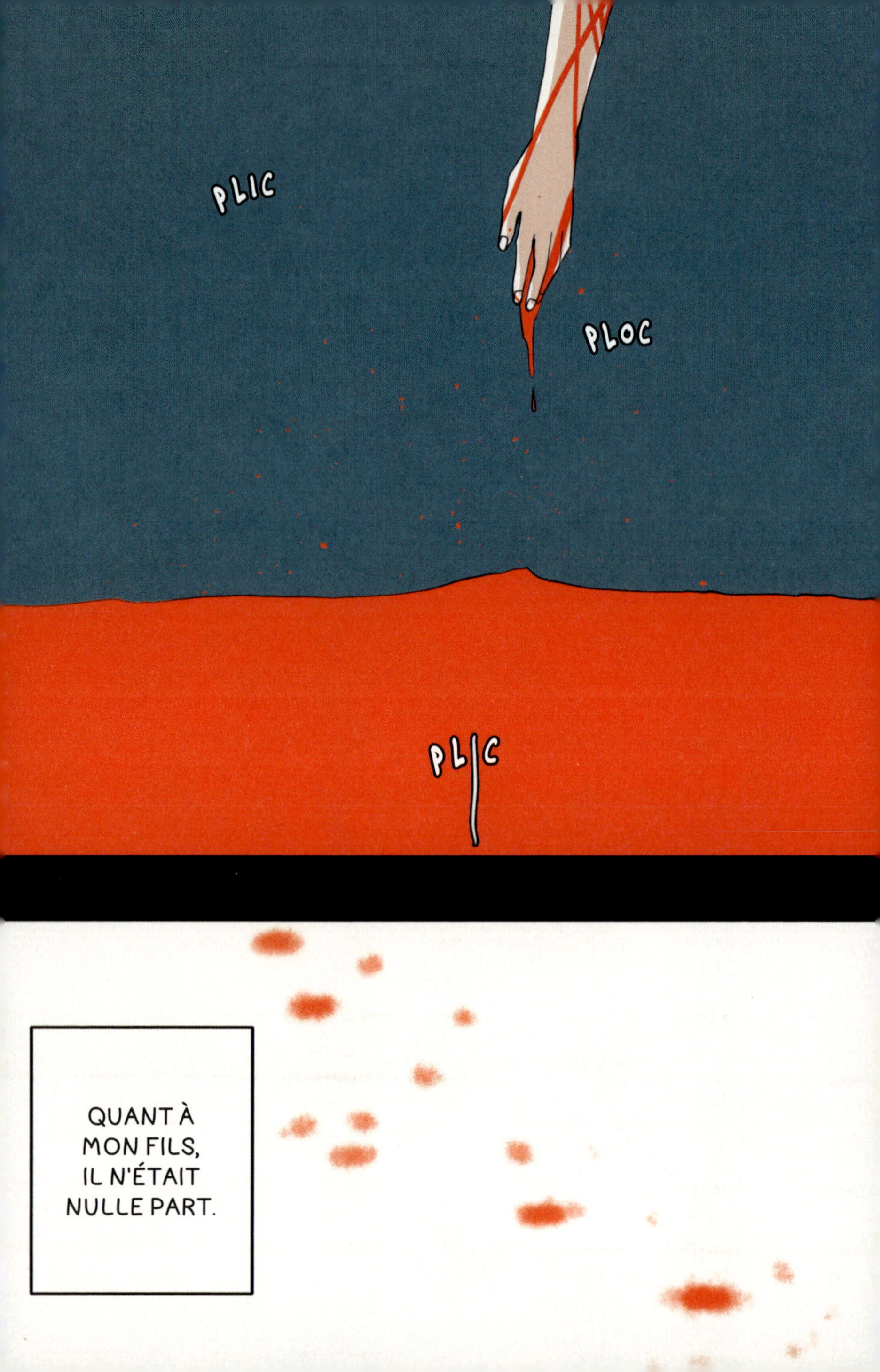
PLIC
PLOC
PLIC
QUANT À MON FILS, IL N'ÉTAIT NULLE PART.

AVANT D'ESSAYER DE METTRE LA MAIN SUR LE COUPABLE...
MA PRIORITÉ ÉTAIT DE RETROUVER MON ENFANT.
TAP

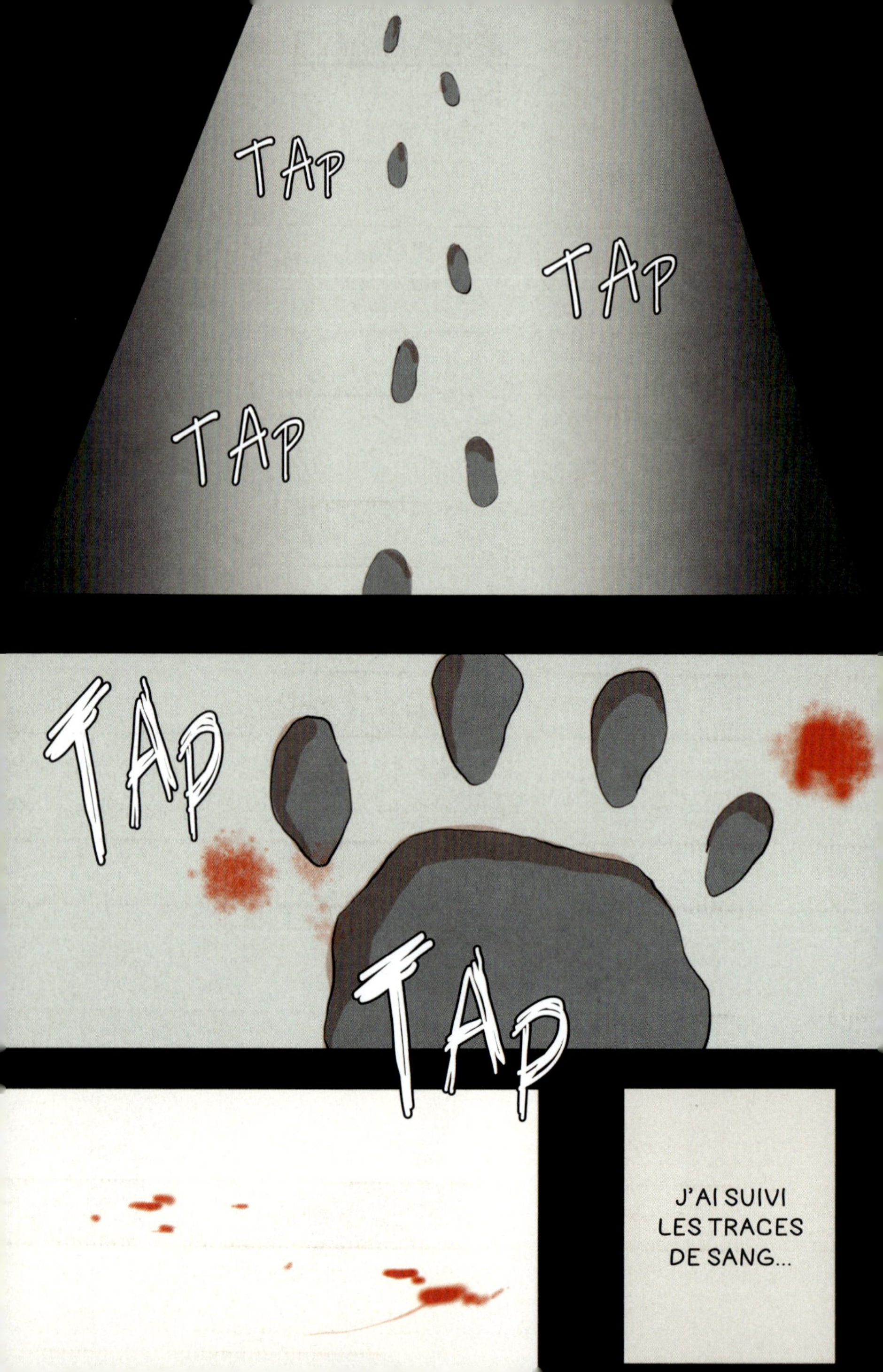
TAP
TAP
TAP
TAP
TAP
J'AI SUIVI LES TRACES DE SANG...

GRR
QUI M'ONT MENÉ À...
GRR
GRRRR

VOUS DITES AVOIR VU UN LOUP ?
EN EFFET.
IL ÉTAIT VIEUX ET MASSIF.
GRRR
GRRR
FSHHH
BIEN QU'IL PARÛT MANIFES-TEMENT ÂGÉ ET AFFAMÉ...
FSHHH
JE ME RAPPELLE PARFAITEMENT DE SES YEUX PERÇANTS.

À CE MOMENT-LÀ...
CLIC
TOUT ÇA M'ÉTAIT ÉVIDEMMENT BIEN ÉGAL.

J'AI ÉLEVÉ MON FILS SEUL.
FLAP
IL RESSEMBLAIT À SA MÈRE.

JE L'AIMAIS SINCÈREMENT.
VRAIMENT...
MAIS...

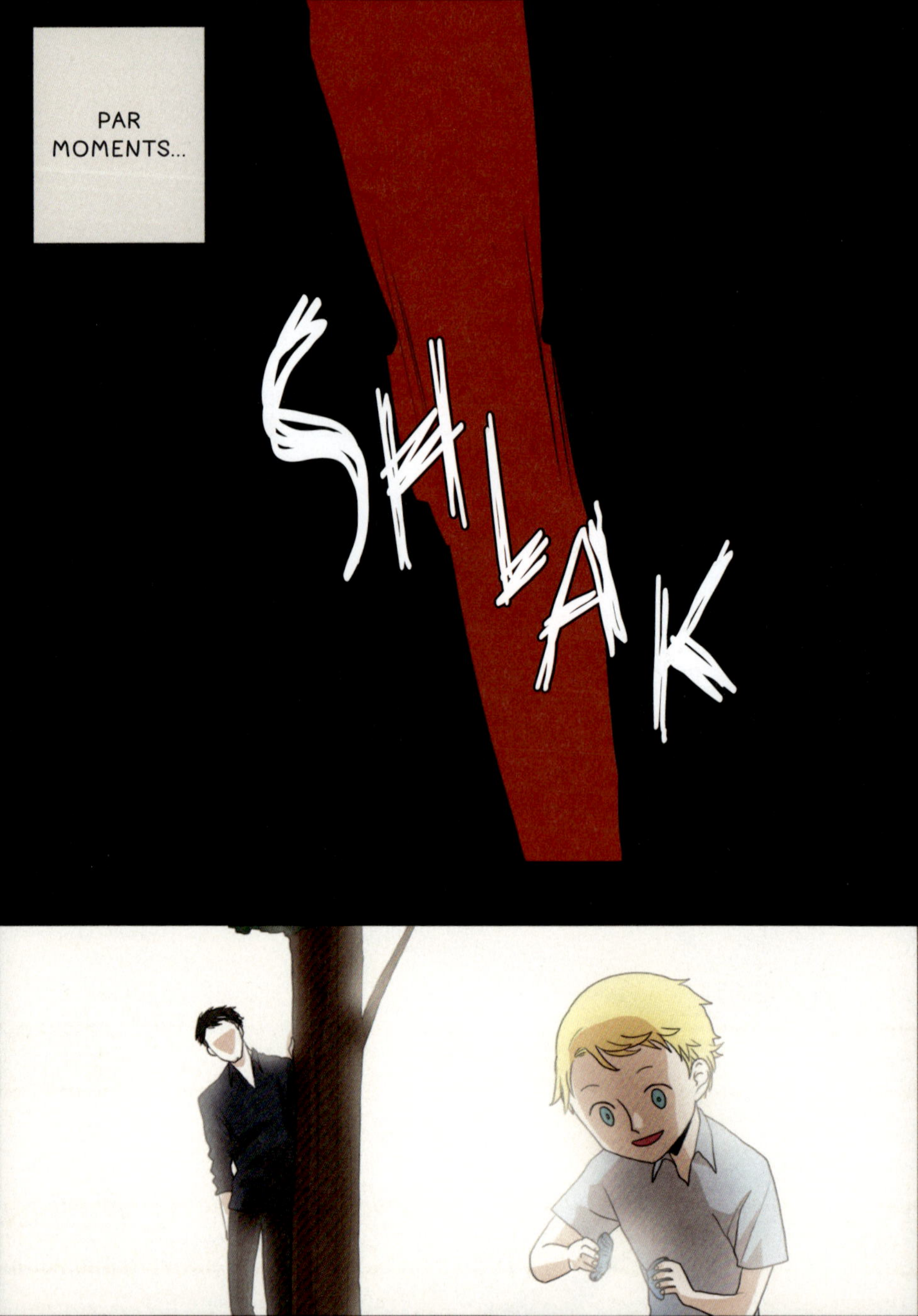
PAR MOMENTS...
SHLAK

PAPA ?

IL ME FAISAIT PEUR.
PLUSIEURS INCIDENTS ONT EU LIEU, MAIS...

MALGRÉ ÇA...
PAPA, J'AI UN CADEAU POUR TOI !

MERCI...

J'AI TOUT
FAIT POUR
NE PAS Y
CROIRE.
POURTANT...

J'AURAIS DÛ.
KOF...
KOF... KOF.
ÇA VA ?
OUI.
JE VAIS ME DÉPÊCHER DE TERMINER MON RÉCIT.

ET PUIS, UN JOUR...
LE DRAME ARRIVA.
CRRR
TOC
MONSIEUR LOG ?
TOC
AH.
C'EST OUVERT.

LOG
CRII
TAP
TAP
LOG
OH, KÉVIN.
JE NE SAVAIS PAS QUE TU ÉTAIS LÀ.
HÉ HÉ
BONJOUR MONSIEUR.
TU ES TOUT SEUL ?
TON PÈRE EST SORTI ?

BONJOUR MONSIEUR.
BONJOUR.
BONJOUR.

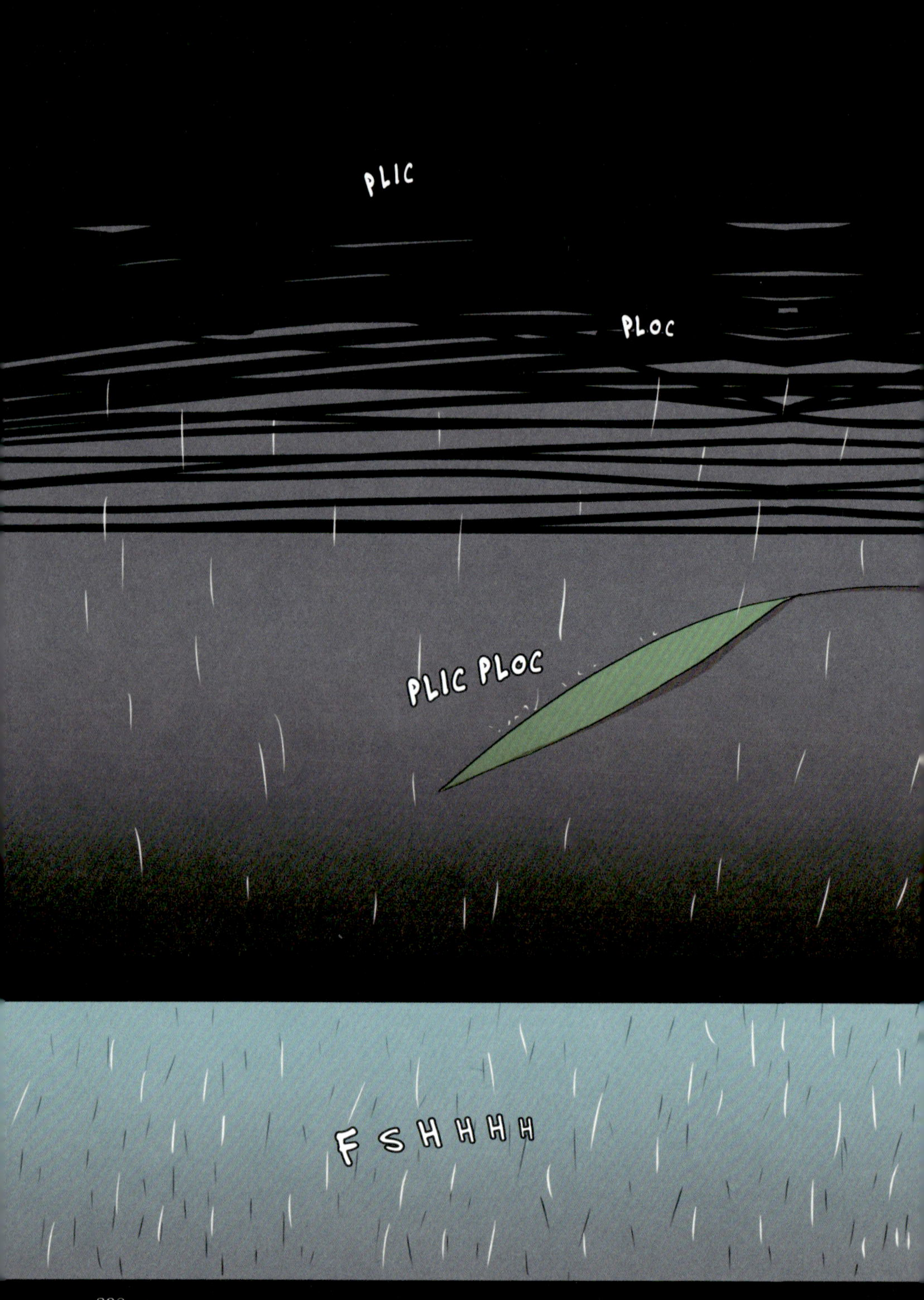
PLIC
PLOC
PLIC PLOC
FSHHHH

JE SUIS RENTRÉ !
TIENS, LA LUMIÈRE EST ÉTEINTE ?
KÉVIN ?

CRAC
SCRAAATCH

BLING

TIC
KÉ...
TIC
TIC
...VIN.
HIN
HIN

BONJOUR PAPA.
BLAM
TA
DA
DA
DAP
KÉVIN !!
ATTENDS...

CE JOUR-LÀ...
JE VOYAIS MON FILS POUR LA DERNIÈRE FOIS.

LA DERNIÈRE FOIS ?
MAIS TOUT À L'HEURE VOUS DISIEZ L'AVOIR TUÉ...
C'EST VRAI...
CEPENDANT... LA PERSONNE QUE J'AI...
OU PLUTÔT...
CETTE CHOSE...
C'ÉTAIT MON FILS SANS ÊTRE MON FILS.

DÈS LORS, MON FILS...
PASSAIT SON TEMPS À ME NARGUER.
IL ME LAISSAIT DES INDICES PARTOUT SUR SON PASSAGE.
"LA SUITE PAR ICI", "LA SUITE PAR-LÀ."

S'IL M'ENJOIGNAIT
À LE POURCHASSER.
LA SEULE CHOSE QUE
JE POUVAIS FAIRE...
CAUTION KEEP
CAUTION KE

CAUTION KEEP OUT
CAUTION KEEP OUT
C'ÉTAIT LE PRENDRE EN CHASSE.
QUI SAIT PENDANT COM-BIEN DE TEMPS JE LUI AI COURU APRÈS.
TOUT CE TEMPS...
JE N'AI PAS ARRÊTÉ DE LE POURSUIVRE.

ET PLUS TARD,
J'AI COMPRIS...

AH...
KASTEN WOOD

QUELLE ÉTAIT SA DERNIÈRE DESTINATION.
ET AINSI, JE SUIS REVENU...
DANS CETTE FORÊT.

SQUISH
SQUISH
SQUISH

AHH
KÉVIN.
PAPA.
KÉVIN, TU...!
TOUT VA BIEN.
JE N'AI PAS L'INTENTION DE M'ENFUIR.
FFT
PAPA...

CLIC
COMME TU LE SAIS...
PENDANT TOUT CE TEMPS, J'AI TUÉ BEAUCOUP DE PERSONNES INNOCENTES.
ET TOI, TU N'AS PAS ARRÊTÉ DE ME POURCHASSER.

MAIS TOUT ÇA VA PRENDRE FIN.
JE NE COMPTE PLUS TE LAISSER D'INDICE. JE VAIS CONTINUER CETTE VIE DE TUEUR EN CAVALE POUR TOUJOURS.
SI TU NE M'ARRÊTES PAS MAINTENANT,TU NE POURRAS PLUS JAMAIS M'ATTRAPER.
POUR… POURQUOI FAIS-TU ÇA ?

RÉPONDS-MOI. DIS-MOI QUE TU FERAS TOUT POUR M AR- RÊTE
MAIS ENFIN !!
POURQUOI FAIS-TU TOUT ÇA ?!
CLIC
PAN

SI TU N'ARRÊTES PAS L'HÉMORRAGIE, TU VAS Y PASSER.
TU NE PEUX MÊME PLUS BOUGER.
BOUM
POUR TOUT TE DIRE, JE N'AVAIS PAS L'INTENTION DE TE TUER.
SI TU VEUX VRAIMENT TE METTRE EN TRAVERS DE MA ROUTE...
TU N'AS PAS D'AUTRES CHOIX QUE DE ME TUER.

DANS LE FOND, TU LE SAIS, HEIN ?
SI TU NE ME TUES PAS...
JE VAIS CONTINUER À RÉPANDRE LE SANG PARTOUT SUR MON PASSAGE.

HA HA HA
ME LAISSER LA VIE SAUVE REVIENDRAIT À RESTER LES BRAS CROISÉS !
ALORS ?
QU'EST-CE QUE TU VAS FAIRE ?

CLIC
CLAC...

À TROIS, J'APPUIE SUR LA DÉTENTE.
UNE SECONDE DE TROP ET JE TE TIRE UNE BALLE DANS LA TÊTE.

UN.
DEUX.

TROIS.

VOUS AVEZ TIRÉ ?

PLOC

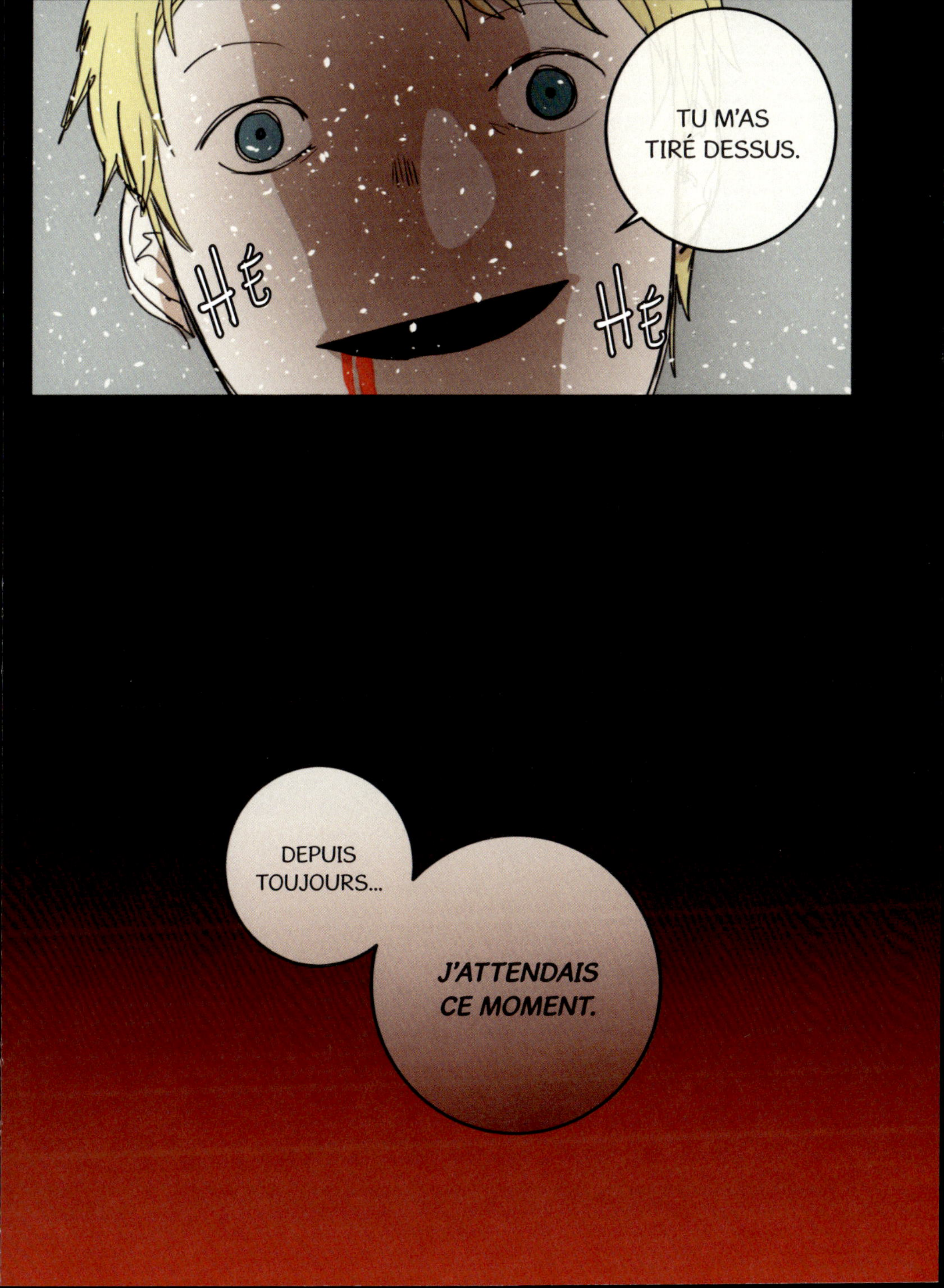
TU M'AS TIRÉ DESSUS.
HÉ HÉ
DEPUIS TOUJOURS...
J'ATTENDAIS CE MOMENT.

C'EST DU JOLI.
BOUM
C'EST AINSI...
QUE J'AI TUÉ MON PROPRE FILS.

JE NE SAIS PAS COMMENT J'AI RÉUSSI À ME TRAÎNER JUSQU'ICI.
ON DIRAIT BIEN QUE JE N'EN AI PLUS POUR LONG-TEMPS.

JE ME DEMANDE TOUJOURS...
CE QU'IL POUVAIT BIEN VOULOIR ?
VOUS TROUVEREZ SON CORPS DE L'AUTRE CÔTÉ DE LA COLLINE.

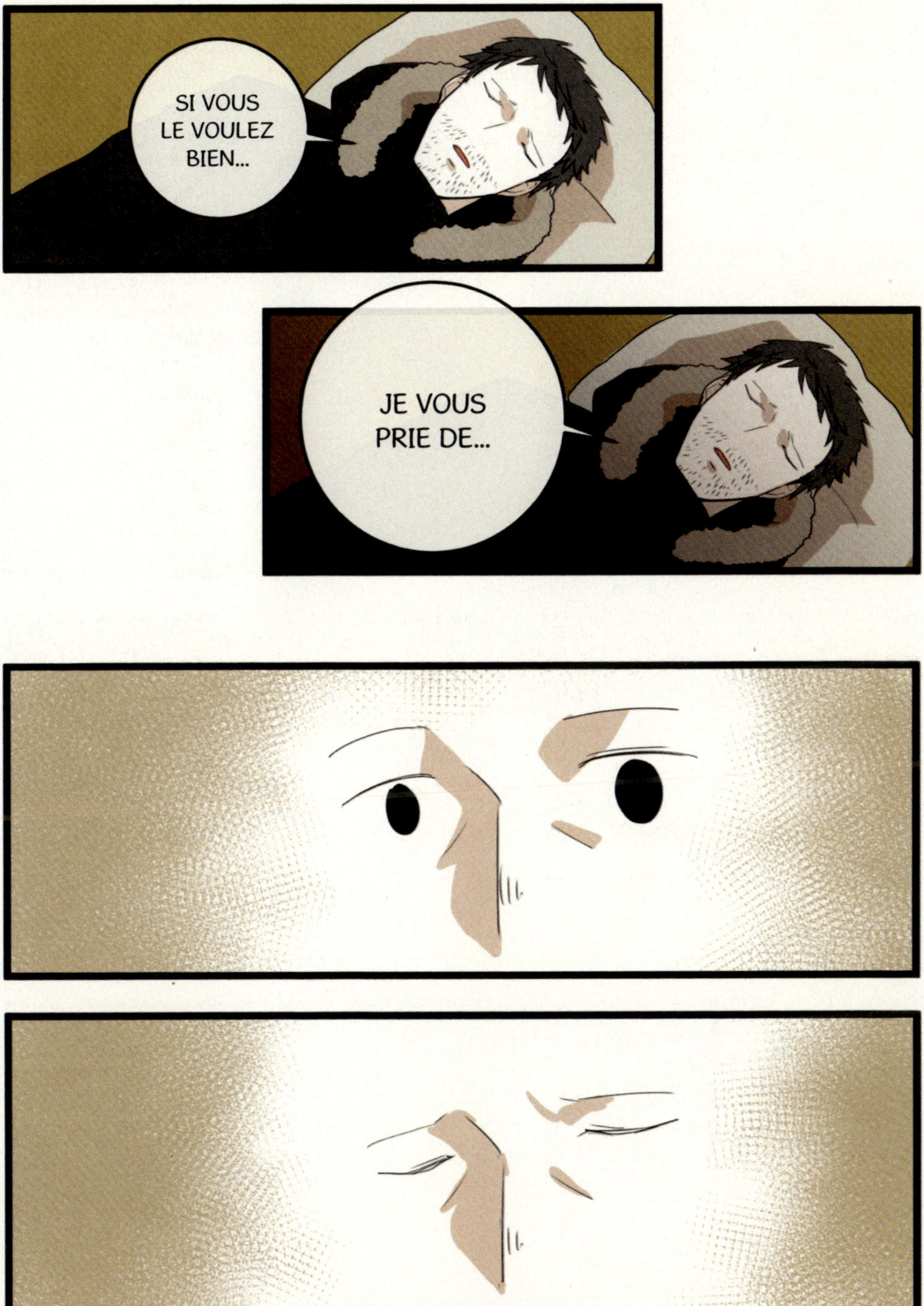
SI VOUS LE VOULEZ BIEN...
JE VOUS PRIE DE...

SQUISH
SQUISH
SQUISH
PFOUUU

ÇA ALORS...

Le dernier quartet

CERTAINS ÉVÉNEMENTS SURVIENNENT QUAND ON S'Y ATTEND LE MOINS. C'EST LE CAS DE LA SURPRENANTE JOURNÉE DE GISELLE HOPPÉ.
MADEMOI-SELLE.

LE JOUR
DU CARNAVAL
DES MASQUES...

POUR LA PREMIÈRE
FOIS DE SA VIE, GISÈLE
HOPPÉ SE VIT OFFRIR
UNE ROSE.

ELLE NE PARVINT QU'À RÉPONDRE
PAR UN SOURIRE TIMIDE.

PARFOIS, L'INATTENDU PREND
UNE ODEUR DE ROSE, DOUCE ET SUCRÉE.

LE QUOTIDIEN DE GISÈLE
ÉTAIT ÉPUISANT. AVANT DE
NOUS ATTARDER SUR SES JOIES,
IL NOUS FAUT ÉVOQUER LES
PEINES DE SON EXISTENCE
MISÉRABLE.

ELLE SE LEVAIT TÔT POUR
ALLER PUISER DE L'EAU
JUSQU'À MIDI...

ELLE S'OCCUPAIT DU LINGE JUSQU'AU SOIR...
LA NUIT TOMBÉE, ELLE S'ATTELAIT À LA COUTURE...
TOUT SON LABEUR...
NE SUFFISAIT POURTANT PAS POUR VIVRE DÉCEMMENT.

CRIII
GRANDE SŒUR...?
ELLE ÉTAIT ACCABLÉE PAR LE COÛT DES MÉDICAMENTS NÉCESSAIRES...
À SOIGNER SON PETIT FRÈRE MALADE.

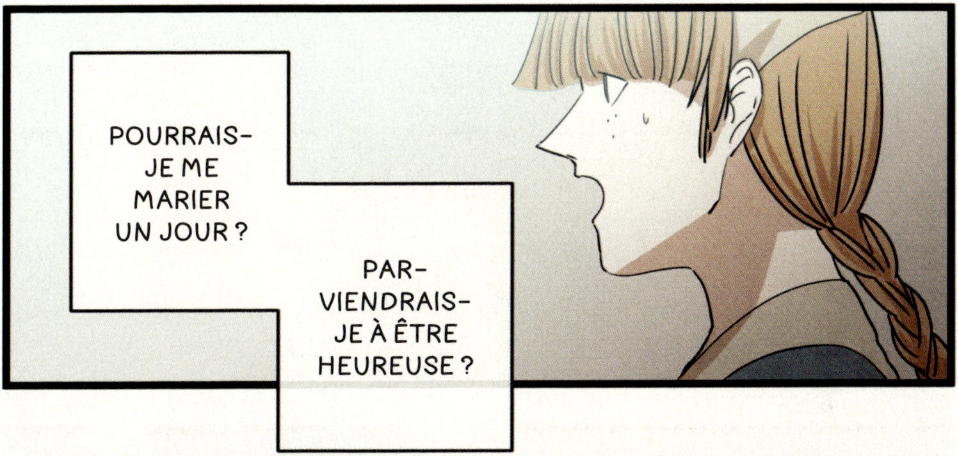
POURRAIS-JE ME MARIER UN JOUR ?
PAR-VIENDRAIS-JE À ÊTRE HEUREUSE ?

SUIS-JE CON-DAMNÉE À PREN-DRE SOIN DE MON FRÈRE TOUTE MA VIE ?
MADEMOISELLE.

UNE PENSÉE LUI TRAVERSA L'ESPRIT...

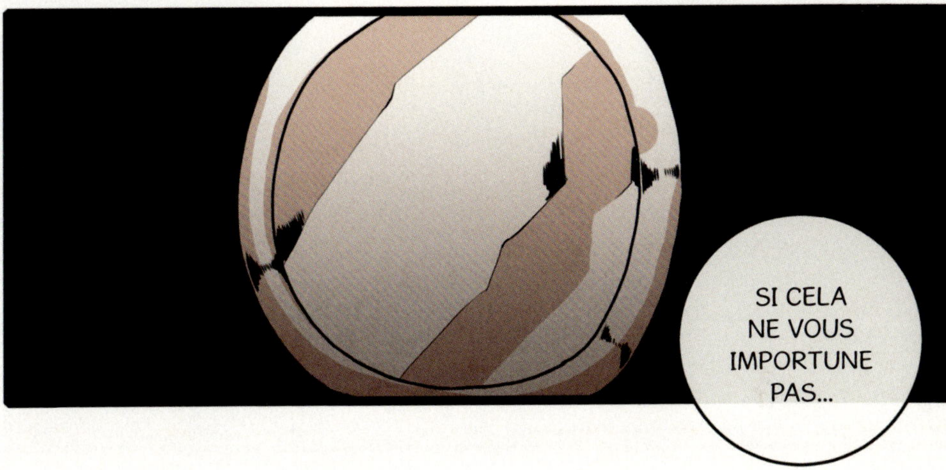

ET SI CET HOMME S'APPRÊTAIT
À CHANGER SA VIE ?

SPLASH
ALORS VOUS VOUS OCCUPEZ DE VOTRE FRÈRE MALADE ?
SPLISH
JE VOIS... C'EST REMARQUABLE CE QUE VOUS FAITES À UN SI JEUNE ÂGE.

L'HOMME SE
NOMMAIT
FRÉDÉRICK.

IL AVAIT L'AIR RICHE.

C'EST À CE MOMENT-LÀ QUE GISÈLE SE MIT À IMAGINER DES SCÉNARIOS SAUGRENUS.

DES SCÉNARIOS SAUGRENUS ?
FFT

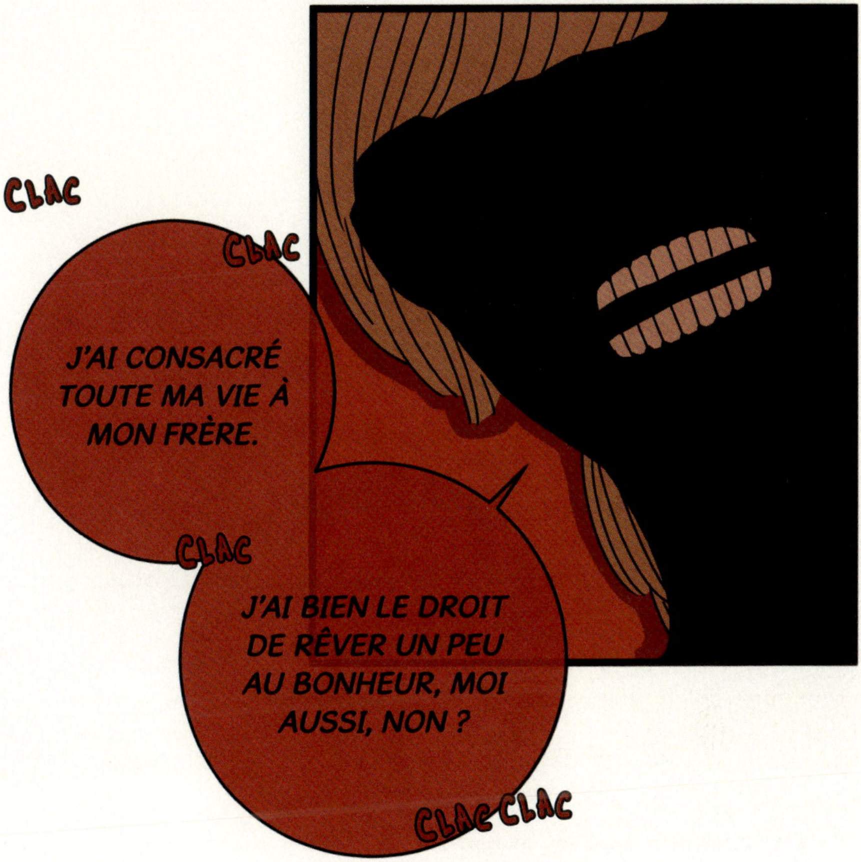
CLAC
CLAC
J'AI CONSACRÉ TOUTE MA VIE À MON FRÈRE.
CLAC
J'AI BIEN LE DROIT DE RÊVER UN PEU AU BONHEUR, MOI AUSSI, NON ?
CLAC CLAC

CE SERAIT TELLEMENT BIEN...
SI LES CHOSES POUVAIENT MARCHER AVEC FRÉDÉRICK !

UNE VIE CONFORTABLE...
PLUS BESOIN DE SE TUER À LA TÂCHE...
J'AURAIS PEUT-ÊTRE MÊME PLUS D'ARGENT QUE NE POURRAIS EN RÊVER !
ET SURTOUT...
JE N'AURAIS PLUS À SOUFFRIR CAUSE DE FRÈRE.
JE L'AIME, CE PETIT.

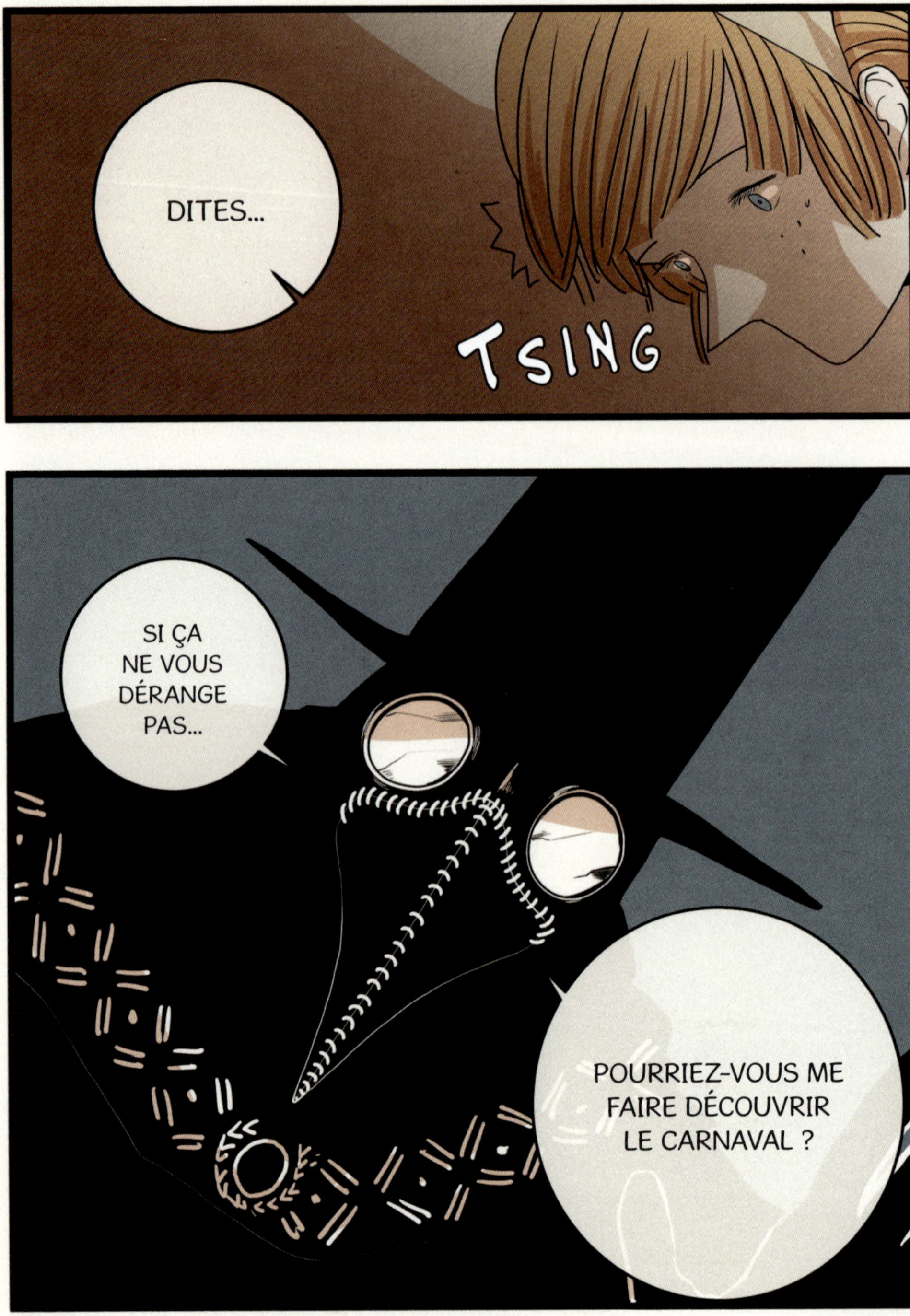
DITES...
TSING
SI ÇA NE VOUS DÉRANGE PAS...
POURRIEZ-VOUS ME FAIRE DÉCOUVRIR LE CARNAVAL ?

POUR GISÈLE HOPPÉ, C'ÉTAIT LÀ
LE PLUS BEAU JOUR DE SA MISÉRABLE VIE.

IL EST PROBABLE QUE...
CE JOUR FUT AUSSI LE PLUS ANIMÉ DE L'ANNÉE 1629.

DU PLUS PROFOND DE SON CŒUR...
GISÈLE CONTINUAIT DE SE LANGUIR DE CE RÊVE QUI NE SE RÉALISERAIT PROBABLEMENT JAMAIS.
"AH, JE SERAIS SI HEU-REUSE...
SI JE DEVENAIS LA FEMME DE FRÉDÉRICK."

MADE-
MOISELLE
GISÈLE.
TROIS DE
MES ASSOCIÉS
ARRIVENT
DEMAIN.
ALORS NOUS
NE POURRONS
PLUS NOUS
REVOIR.
AH...
CEPENDANT...
JE VOUS AIME
VRAIMENT
BEAUCOUP.
*SI CELA
NE VOUS
INCOMMODE
PAS...*

QUE DIRIEZ-VOUS DE M'ACCOMPAGNER ?
C'EST À CET INSTANT PRÉCIS...
HIN
HIN
QUE LA VIE DE GISÈLE PRIT UN TOURNANT RADICAL.

JE... J'ADORERAIS !
J'AIMERAIS VRAIMENT VOUS ACCOMPAGNER !
SI VOUS ME LAISSEZ VENIR, JE...
JE...
EN FAIT...

J'IMAGINE...
QUE CE SERAIT COMPLIQUÉ, PUISQUE VOUS DEVEZ VOUS OCCUPER DE VOTRE FRÈRE.

——
LE PENSE-T-IL VRAIMENT ?

GISÈLE
TREMBLAIT.

LES MOTS QU'ELLE AVAIT TENTÉ DE RAVALER
ÉTAIENT EN TRAIN DE REMONTER À LA SURFACE.

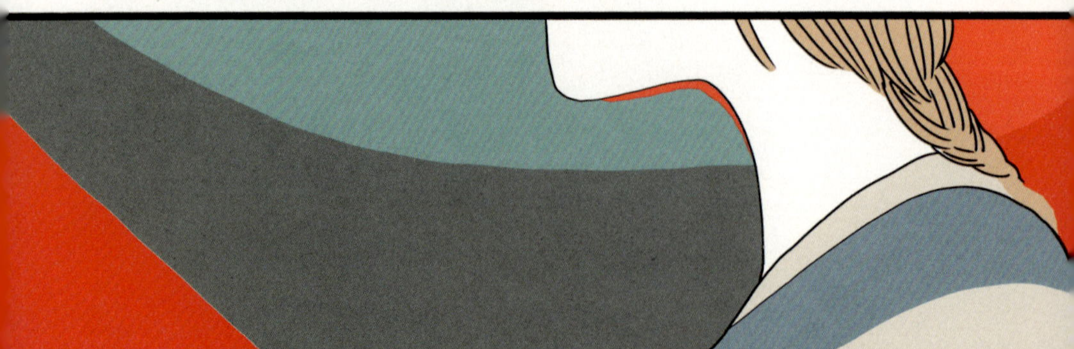

ELLE ÉTAIT DÉJÀ
TOMBÉE SOUS
LE CHARME.

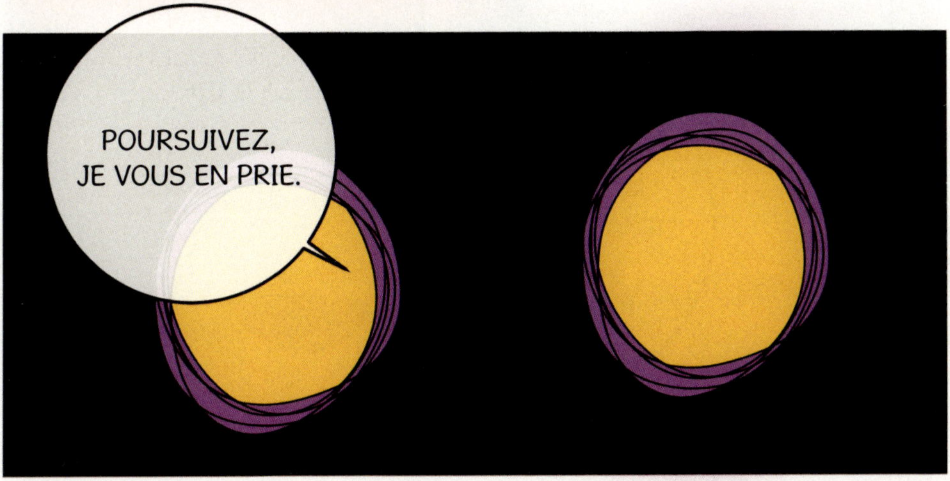

JE...
JE VEUX VENIR AVEC VOUS.
MAIS VOTRE FRÈRE...
JE M'EN OCCUPE !!
JE TROUVERAI UNE SOLUTION. JE VOUS EN PRIE, MONSIEUR FRÉDÉRICK...

À VRAI DIRE, DÈS QUE JE VOUS AI VU...
J'AI EU LE COUP DE FOUDRE ! JE NE VEUX PAS ME SÉPARER DE VOUS ! PITIÉ, JE VOUS EN PRIE...
LAISSEZ-MOI VOUS ACCOMPAGNER
FAITES-MOI PARTIR D'ICI.

TRÈS BIEN !
DANS CE CAS, VOUS FAITES AUSSI PARTIE DE MON AFFAIRE !

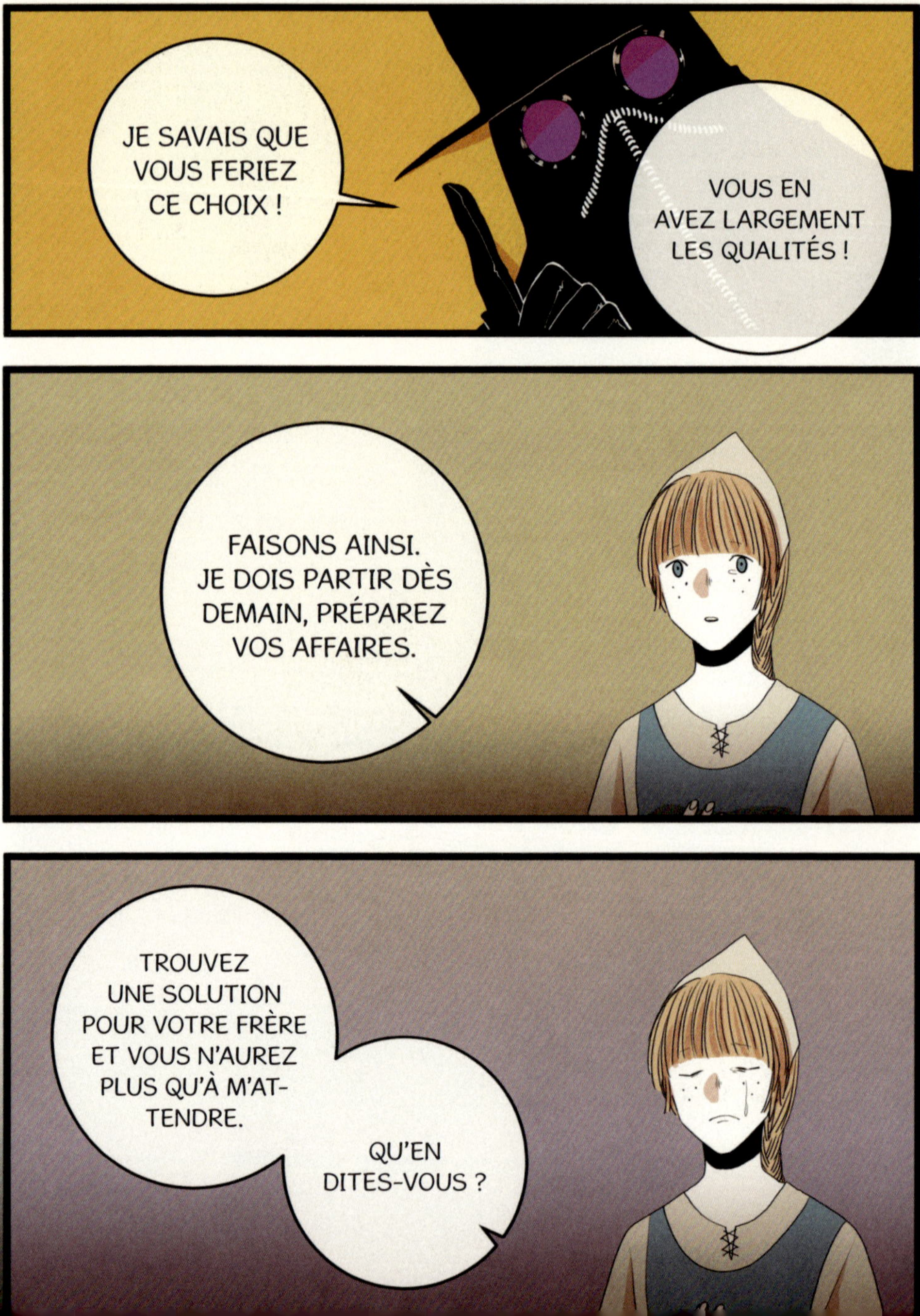
JE SAVAIS QUE VOUS FERIEZ CE CHOIX !
VOUS EN AVEZ LARGEMENT LES QUALITÉS !
FAISONS AINSI. JE DOIS PARTIR DÈS DEMAIN, PRÉPAREZ VOS AFFAIRES.
TROUVEZ UNE SOLUTION POUR VOTRE FRÈRE ET VOUS N'AUREZ PLUS QU'À M'ATTENDRE.
QU'EN DITES-VOUS ?

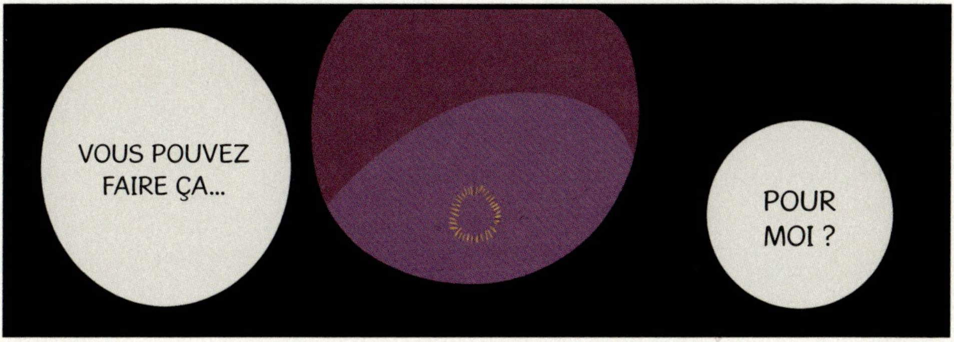
VOUS POUVEZ FAIRE ÇA...
POUR MOI ?

OUI !

GISÈLE HOPPÉ
ÉTAIT LIBRE.
ELLE SE MIT À COURIR...

À TOUTE ALLURE.
PUIS, ELLE S’ARRÊTA NET.

IL LUI RESTAIT UN PROBLÈME À RÉGLER.

ALORS...
FAISONS ÇA.
UNE IDÉE LUI VINT EN TÊTE.
JE L'AIME, CE PETIT.
EH BIEN...
RAISON DE PLUS POUR LE LAISSER PARTIR UN PEU PLUS TÔT.

BIZARREMENT, À CETTE PENSÉE...
UN DÉLICIEUX PARFUM DE FLEURS EMBAUMA LE CŒUR DE GISÈLE HOPPÉ.
UN SENTIMENT DE LIBERTÉ ET DE JOIE CHATOUILLAIT SES NARINES.
SES PAS ÉTAIENT DEVENUS LÉGERS COMME UNE PLUME.

GRANDE SŒUR ?
QU'EST-CE QUE TU FAIS ?

ELLE FIT…

CE QU'ELLE AVAIT À FAIRE.

C'EST AINSI QUE MOURUT SON PETIT FRÈRE, MAUREL HOPPÉ.
POIGNARDÉ À L'AIDE DU COUTEAU DE CUISINE DE SA SŒUR QUI AVAIT TOUJOURS SUBVENU À SES BESOINS.

GISÈLE RIAIT AUTANT QU'ELLE PLEURAIT.

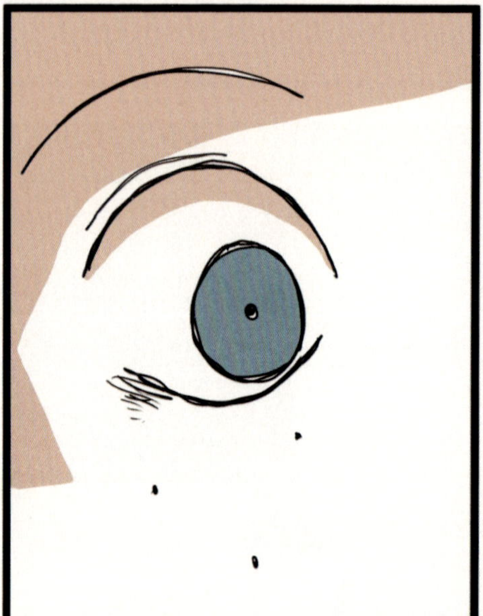

DÈS QU'IL REVIENDRA, J'ARRÊTERAIS SÛREMENT DE TREMBLER, HEIN ?

EH BIEN...

GISÈLE REPOUSSA LE CADAVRE DE SON FRÈRE SUR LE CÔTÉ ET ATTENDIT FRÉDÉRICK...

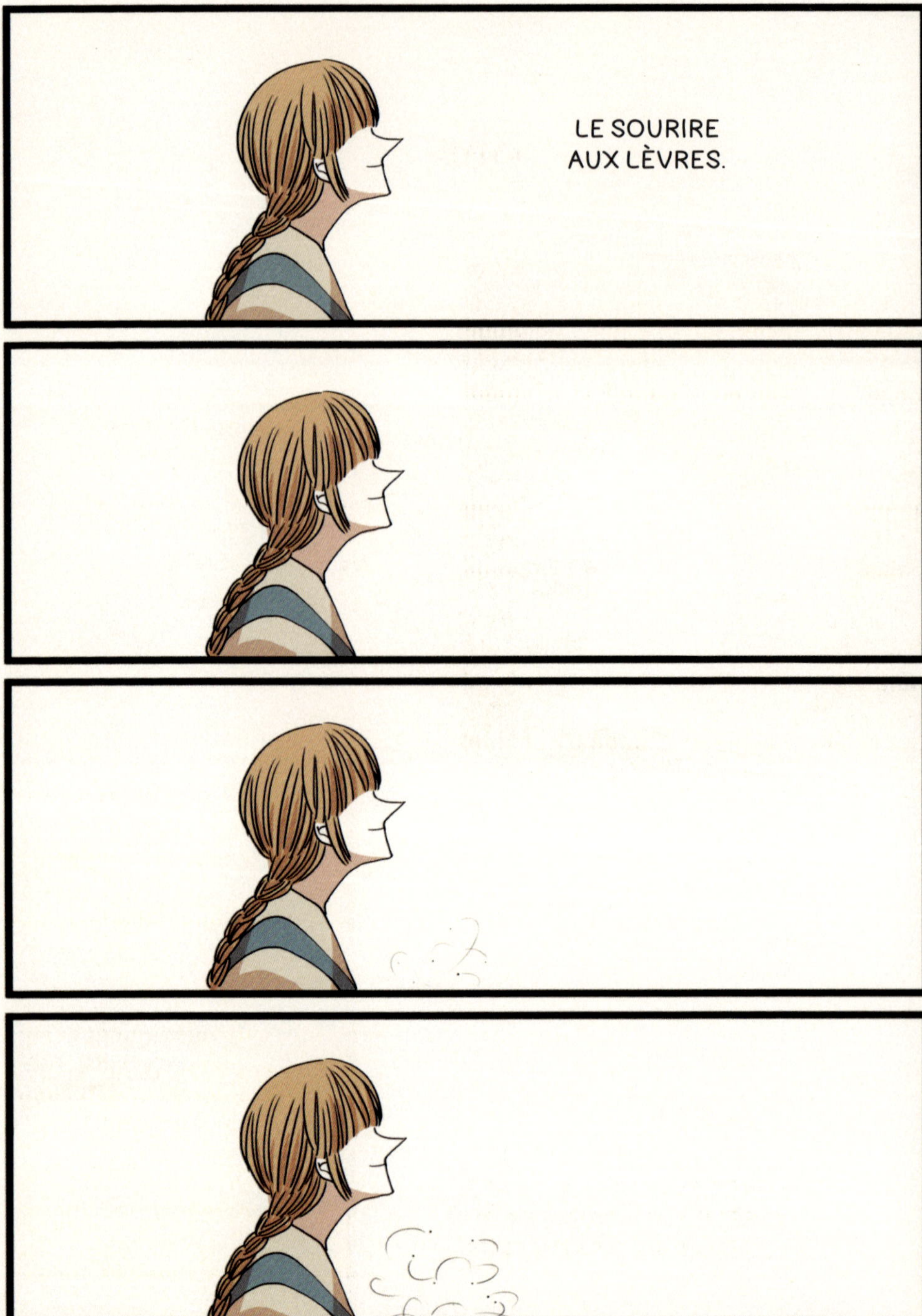
LE SOURIRE
AUX LÈVRES.

MAIS…

PLUSIEURS JOURS
S'ÉCOULÈRENT SANS
QUE FRÉDÉRICK
NE SE PRÉSENTE.

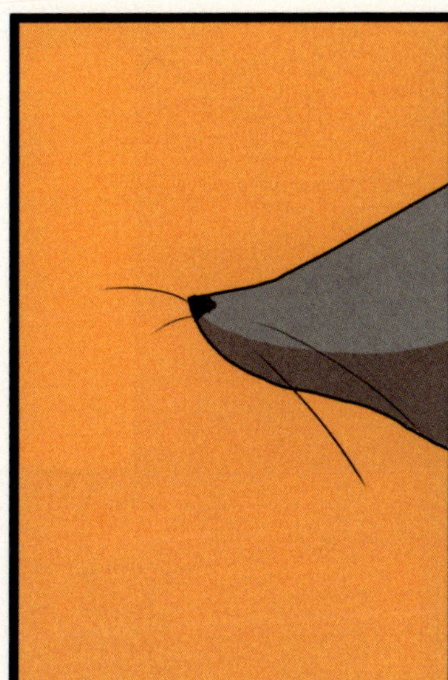

UNE SEMAINE PLUS TARD,
GISÈLE FUT ARRÊTÉE POUR
LE MEURTRE DE SON FRÈRE.

TOUT CELA APRÈS AVOIR CONTRACTÉ L'ÉTRANGE MALADIE TRANSMISE PAR LE CADAVRE.

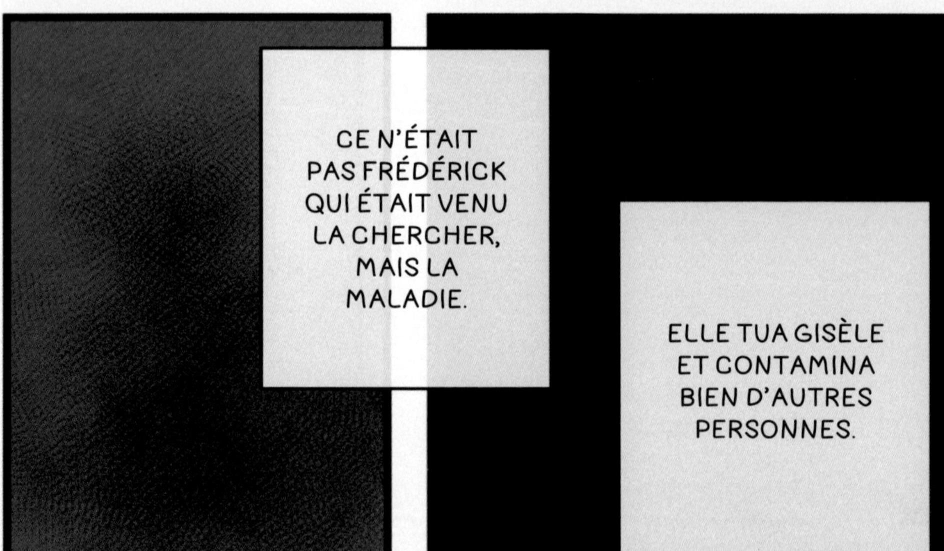

C'EST AINSI QUE PENDANT
TRÈS, TRÈS LONGTEMPS...

L'AFFAIRE DE FRÉDERICK
PROSPÉRA DANS LE MONDE ENTIER.

Adorable Kollwitz

L'ARGENT.

COFFEE
BONJOUR !
OH !
VOUS REVOILÀ ENCORE AUJOURD'HUI !

AH... OUI.
JE VOUS SERS LA MÊME CHOSE QUE D'HABITUDE ?

OUI, S'IL VOUS PLAÎT.
PATIENTEZ JUSTE UN INSTANT !

VOILÀ, VOTRE CAFÉ EST PRÊT !
JE COMMANDES TOUJOURS CE CAFÉ APRÈS LE BOULOT.
BONNE JOURNÉE !

AVEC UN BOUQUET DE FLEURS.
CE SONT LES PETITES CHOSES...
QUI ME FONT SUPPORTER LE QUOTI-DIEN.

JE DÎNE EN ÉCOUTANT
DE LA MUSIQUE À LA RADIO.

AUJOURD'HUI ENCORE,
LA MUSIQUE N'EST PAS TERRIBLE.

ÇA M'A
SUFFI.

IL NE S'EST
JAMAIS…
VRAIMENT RIEN PASSÉ DE SPÉCIAL DANS MA VIE.

ET POURTANT...
KOLLWITZ...
MOI...

AUJOUR-
D'HUI...
J'AI DÉCIDÉ DE
ME SUICIDER.

J'AI RÉDIGÉ MES DERNIÈRES VOLONTÉS...
ET JE N'AI PAS DE VISITES PRÉVUES AUJOURD'HUI.

IL EST
TEMPS...
DE M'EN-
DORMIR
PROFON-
DÉMENT.

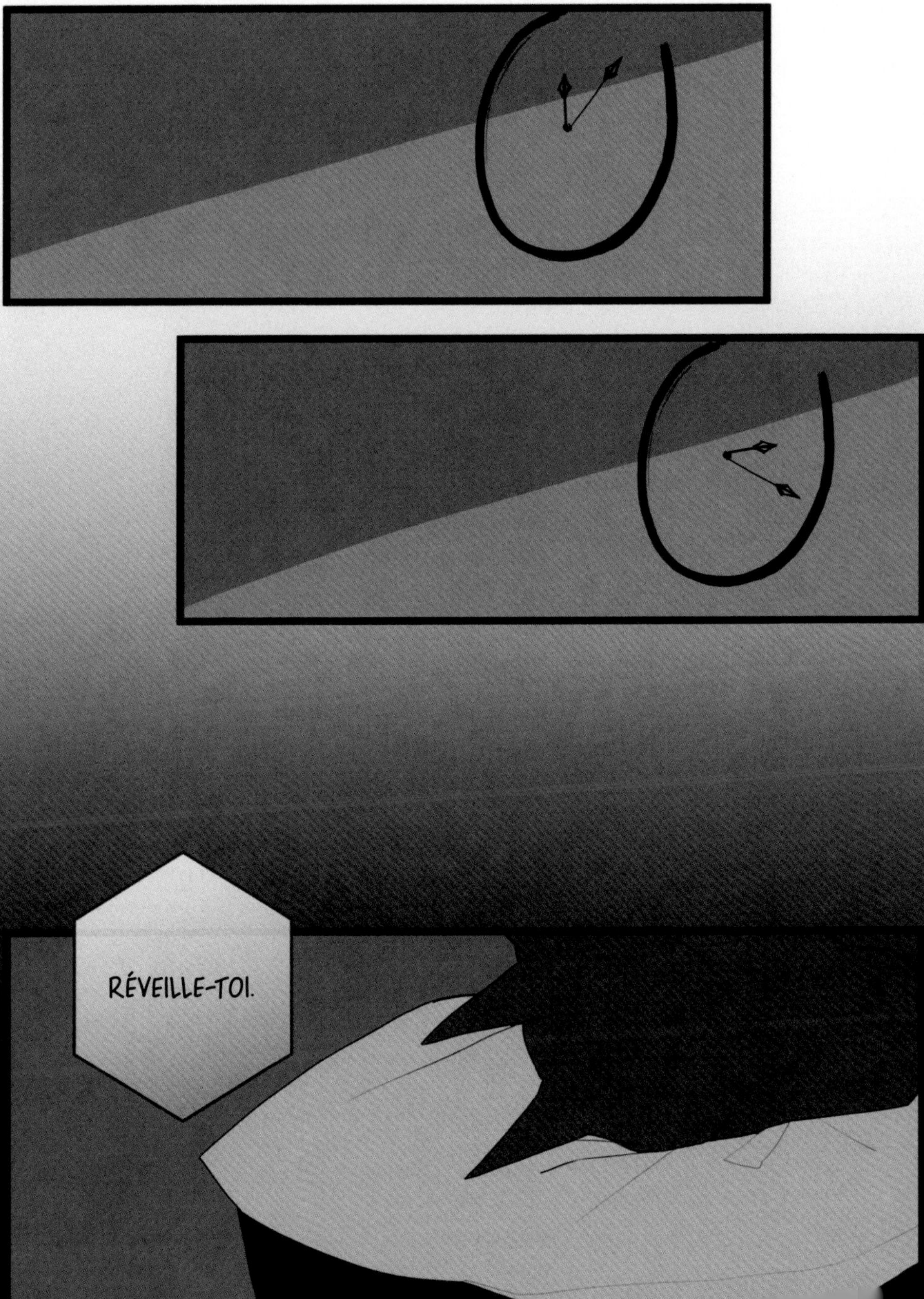
RÉVEILLE-TOI.

KOLLWITZ, RÉVEILLE-TOI.

C'EST QUOI, ÇA ?
HA HA...
VOILÀ UNE RÉACTION QUI TE RESSEMBLE BIEN.

JE SUIS LA "CHOSE" QUE TU ATTENDAIS TANT.
NORMALEMENT, JE T'AURAIS EMMENÉE DIRECTEMENT AVEC MOI, MAIS...
HA
HA
HA
HA
J'AI BIEN ENVIE DE T'ACCORDER UN SURSIS.

QU'EN PENSES-TU ? TU N'ES PAS INTRIGUÉE ?
ÇA NE M'INTÉRESSE PAS.
ASSEZ DISCUTÉ, PRENDS-MOI AVEC TOI.
HUM, TOUJOURS ÉGALE À TOI-MÊME.

TU VEUX BIEN REGARDER PAR LÀ-BAS ?
FTT

C'EST MOI
ENFANT...
EN PLEIN DANS
LE MILLE.
...

C'EST VRAIMENT UNE TACTIQUE GROSSIÈRE ET PUÉRILE.
TU CROIS QU'EN ME MONTRANT LE BON VIEUX TEMPS JE VAIS AVOIR DES REGRETS ?
DÉSOLÉE, MAIS CE GENRE DE TRUCS NE MARCHENT PAS AVEC MOI.
HA HA HA, KOLLWITZ ! C'EST BIEN DIGNE DE TOI ! TU ES MARRANTE !

BIEN AU CONTRAIRE...
DOUM...

JE VEUX QUE TU LA REGARDES JUSQU'À L'ÉCŒUREMENT...
ET QUAND TU N'EN POURRAS PLUS, TU LA TUERAS.

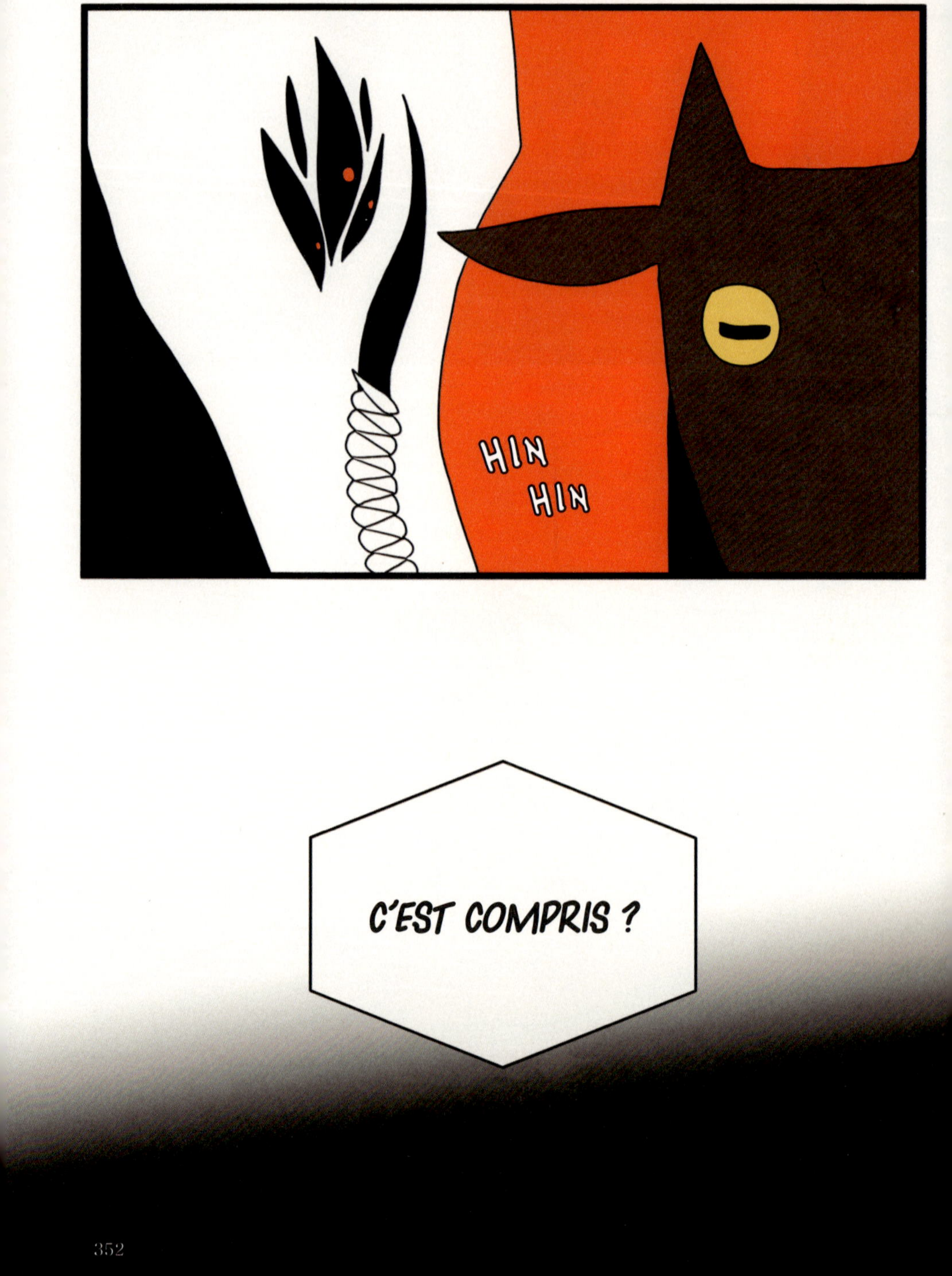
HIN
HIN
C'EST COMPRIS ?

J'AIME PAS KOLLWITZ.

POURQUOI TU NE JOUES PAS AVEC KOLLWITZ ?
J'AI PAS ENVIE, ELLE EST BÊTE.
TU TROUVES PAS QU'ELLE A L'AIR STUPIDE ?
EN PLUS, IL PARAÎT QU'ELLE BÉGAYE.
POF
DEMEURÉE !

PITOYABLE.
TU ES DURE AVEC TOI-MÊME.
C'EST LA VÉRITÉ. JE N'Y PEUX RIEN.

J'ÉTAIS BÊTE, JE BÉGAYAIS ET J'ÉTAIS TROP TIMIDE POUR ME FAIRE DES AMIS.

J... J'AIME-RAIS DEVENIR UNE GRANDE PEINTRE.
PEU... PEU IMPORTE CE QU'ON DIT...
MOI, J'AI... J'AIME DESSINER.
C'EST CE QUI ME REND HEU... HEUREUSE.

JE PEUX Y ARRIVER, HEIN, MAMAN ?

KOLLWITZ,
À MON AVIS...
TU N'AS PAS
CE TALENT.

JE VAIS ÊTRE
HONNÊTE.

NON SEULEMENT JE N'AI PAS L'ARGENT POUR T'OFFRIR DES COURS... MAIS SURTOUT...
TU N'AS MÊME PAS DE BONNES NOTES À L'ÉCOLE.
À VRAI DIRE, TU N'AS RIEN DE SPÉCIAL...
MAMAN, JE...
PEUT-ÊTRE QUE TU VAS M'EN VOULOIR SUR LE MOMENT...
MAIS JE T'ASSURE QUE TU ME REMERCIERAS PLUS TARD.

OUBLIE CETTE VOCATION D'ARTISTE. NOUS N'EN AVONS PAS LES MOYENS.

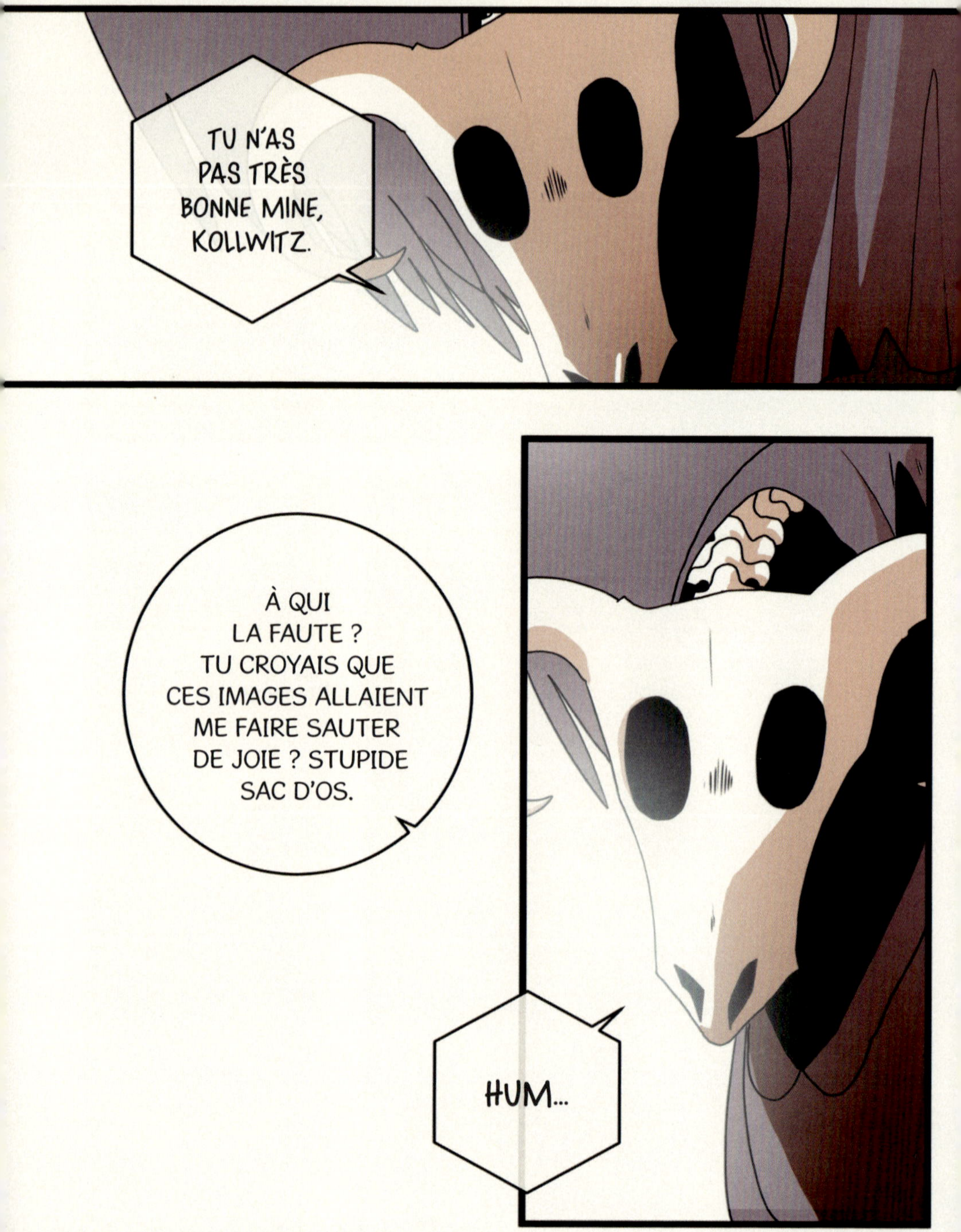
TU N'AS PAS TRÈS BONNE MINE, KOLLWITZ.
À QUI LA FAUTE ? TU CROYAIS QUE CES IMAGES ALLAIENT ME FAIRE SAUTER DE JOIE ? STUPIDE SAC D'OS.
HUM...

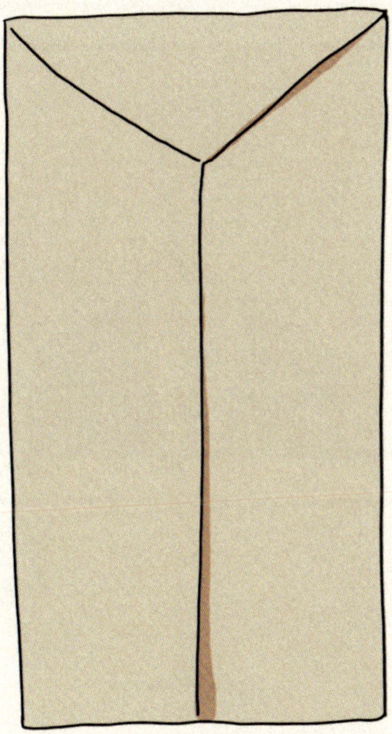

JE PENSE QUE VOUS N'ÊTES PAS COMPATIBLE AVEC NOTRE ENTREPRISE.
BONNE CONTINUATION, KOLLWITZ.
POURQUOI EST-CE QU'ILS L'ONT VIRÉE ? ELLE FAISAIT DU BON BOULOT, POURTANT.
TU PARLES, ELLE ÉTAIT AUSSI VIVE QU'UN ESCAR-GOT. ELLE EST TROP MALADROITE ET INA-DAPTÉE POUR CE JOB.

ELLE N'EST NI COMPÉTENTE, NI BELLE NI SYMPA.
UNE VRAIE DEMEURÉE.

JE N'EN PEUX PLUS.

J'AI LA RAGE QUI MONTE, JE NE PEUX PLUS EN VOIR DAVANTAGE.

T'ES LA FAUCHEUSE, NON ? ALLEZ, FILE-MOI UN FLINGUE OU UN COUTEAU, PEU IMPORTE.

TU LE PENSES VRAIMENT ?

MA VIE N'A ÉTÉ QU'UN ENCHAÎNEMENT DE MOMENTS DE CE GENRE.
ON N'A FAIT QUE ME MARCHER DESSUS, ME MÉPRISER.
ET IL NE SE PASSE JAMAIS RIEN.
JE VAIS LA BUTER, JE NE PEUX PLUS EN VOIR DAVANTAGE.

ALORS C'ÉTAIT ÇA, TA VIE.
UN RAMASSIS DE MÉPRIS ET D'ÉCHECS.

CELA DIT, TU NE CROIS PAS QUE TU DEVRAIS UN PEU PLUS T'ÉCOUTER, KOLLWITZ ?
LA TOI QUI SE TROUVE EN FACE DE NOUS S'EST À PEINE EXPRIMÉE.
PAS LA PEINE. QU'EST-CE QU'ELLE DIRAIT À PART "J'AI ENVIE DE CREVER" ?
TU AS VU, NON ? TOUTE MA VIE, J'AI VÉCU SOUS UNE PLUIE D'INSULTES ET DE DÉDAIN.

AU DÉBUT, J'AI ESSAYÉ DE ROMPRE CE CARCAN.
J'AI VRAIMENT TOUT ESSAYÉ.. MAIS AU FIL DU TEMPS...
J'AI RÉALISÉ QUE CETTE VIE DE CHIEN ÉTAIT FAITE POUR MOI.
JE N'AVAIS RIEN DE LA PERSONNE REMARQUABLE QUE J'AVAIS ESPÉRÉ ÊTRE.

IL N'Y AURAIT RIEN DE SURPRENANT À CE QUE JE VEUILLE EN FINIR.

MAMAN,
JE VEUX
ÊTRE
PEINTRE.

J'AURAIS VOULU...
ÊTRE UNE GRANDE ARTISTE.

JE SAIS QUE CE N'EST PAS TA FAUTE, MAMAN.
JE COMPRENDS PARFAITEMENT QUE TU N'AVAIS PAS LES MOYENS DE ME PAYER DES COURS.
MAIS...

MAIS...
MAMAN.

POURQUOI...
NE M'AS-TU...
JAMAIS ENCOURAGÉE ?

POURQUOI NE M'AS-TU PAS DIT QUELQUES MENSONGES BIEN-VEILLANTS...
OU MÊME OFFERT UN PEU DE RÉCONFORT ?

NON.
CETTE CHOSE, CE N'EST PAS MOI.
J'AVAIS ENVIE DE MOURIR. CES PENSÉES NE M'ONT JAMAIS EFFLEURÉ L'ESPRIT.

SI, C'EST BIEN TOI.
C'EST CE QUI SE CACHE AU FOND DE TON CŒUR.
J'AI AVALÉ UNE POIGNÉE DE MÉDICAMENTS ET J'EN SUIS MORTE.
CETTE IDIOTE QUI CRAINT LA MORT AU POINT D'EN TREMBLER COMME UNE FEUILLE, ÇA NE PEUT PAS ÊTRE MOI.
JE NE PEUX PAS EN SUPPORTER PLUS.

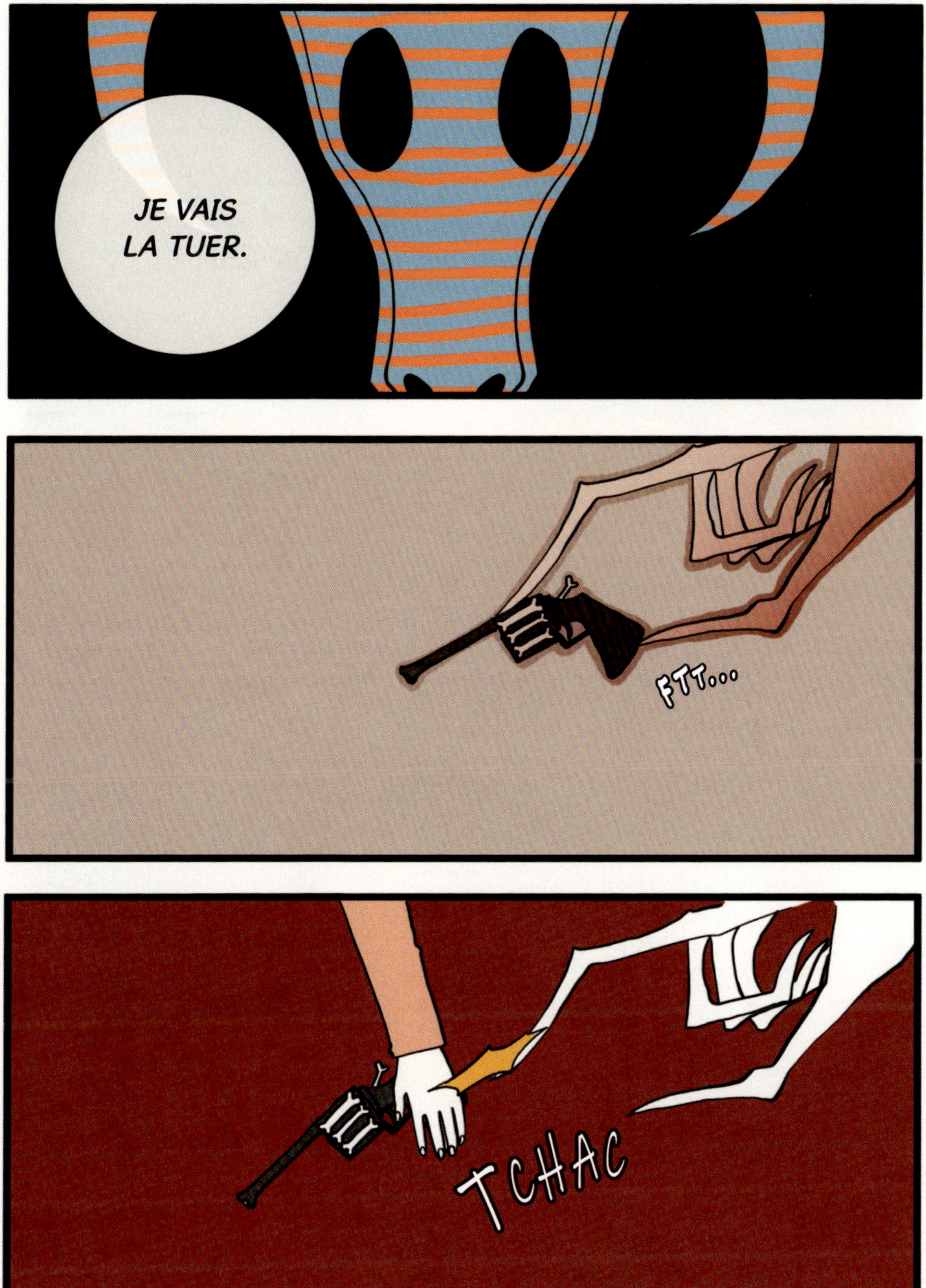

JE VAIS LA TUER.
FTT...
TCHAC

N'OUBLIE PAS.
SI TU PRESSES LA DÉTENTE, TU MOURRAS POUR DE VRAI.
JE SAIS.

JE NE VEUX PAS MOURIR.
JE N'AI JAMAIS VOULU MOURIR.
JE VOULAIS JUSTE QUE LES CHOSES S'ARRANGENT.

J'AURAIS AIMÉ QUE MA MÈRE M'ÉCOUTE UN PEU PLUS.
JE VOULAIS M'AMÉLIORER POUR QUE LES AUTRES ARRÊTENT DE SE MOQUER DE MOI...
JE VOULAIS TOUT SIMPLEMENT FAIRE QUELQUE CHOSE POUR MOI-MÊME.
JE NE VOULAIS PAS MOURIR !!

JE VOULAIS ÊTRE PEINTRE !
JE VOULAIS QUE MA MÈRE ME SOUTIENNE !
JE VOULAIS ÊTRE PLUS DÉGOURDIE !
C'EST TOUT !!

FLAP

POF

JE VOULAIS JUSTE...
DEVENIR UNE MEILLEURE PERSONNE.

BOUHOU

...
C'EST VRAI...

J'AURAIS JUSTE VOULU QU'IL Y AIT QUELQUE CHOSE QUE JE PUISSE FAIRE POUR MOI-MÊME.

ET C'EST MAINTENANT QUE TU T'EN RENDS COMPTE ?

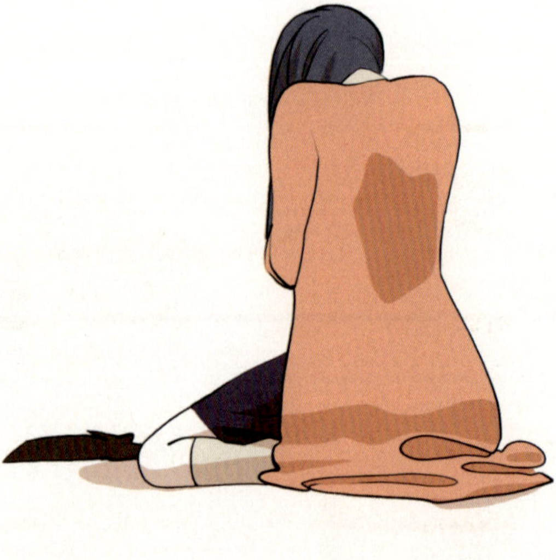

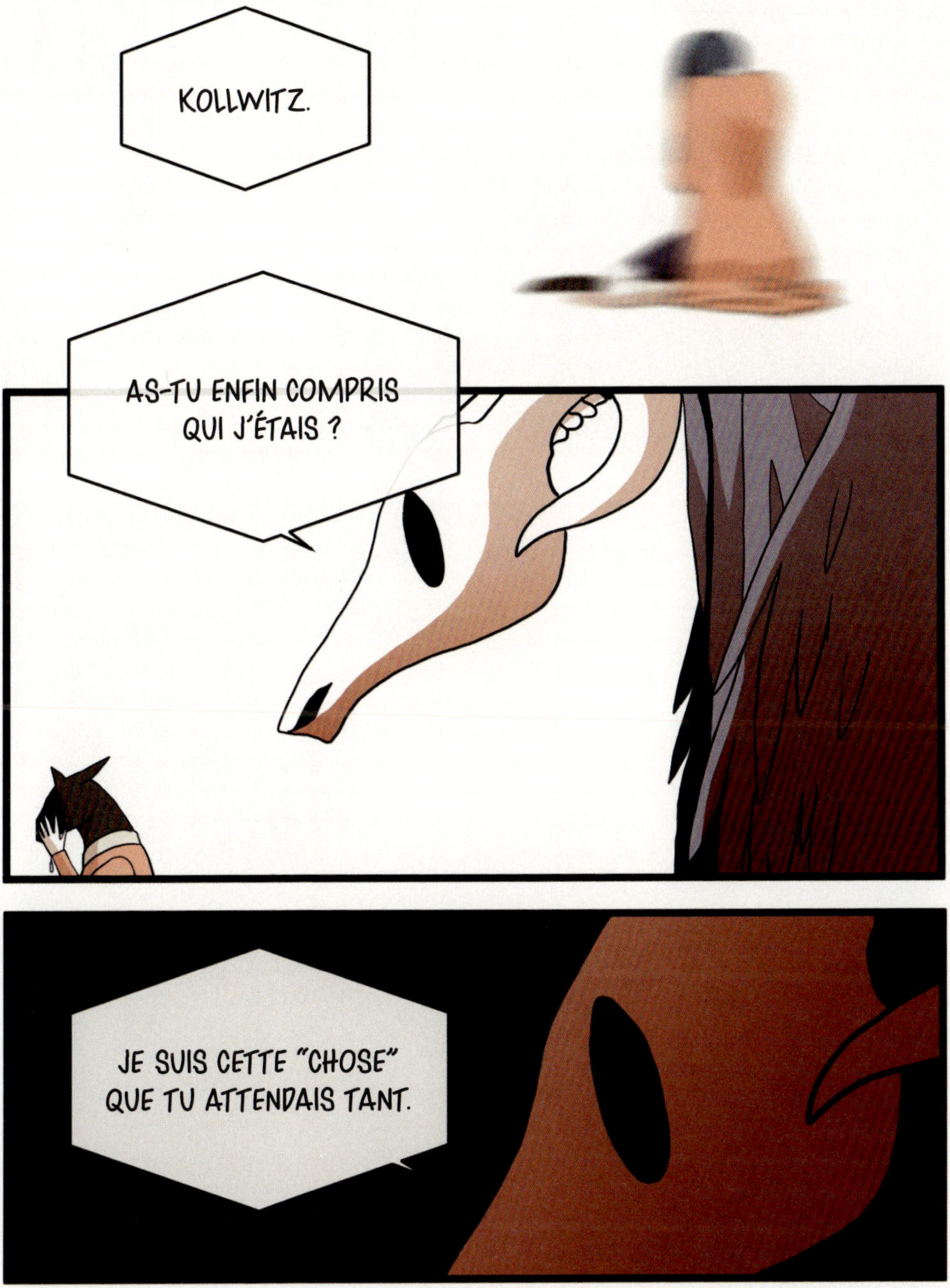
KOLLWITZ.
AS-TU ENFIN COMPRIS QUI J'ÉTAIS ?
JE SUIS CETTE "CHOSE" QUE TU ATTENDAIS TANT.

SI C'EST CE QUE TU DÉSIRES VRAIMENT…
TIRE.
JE SAIS ENFIN QUI TU ES À PRÉSENT.

FFT

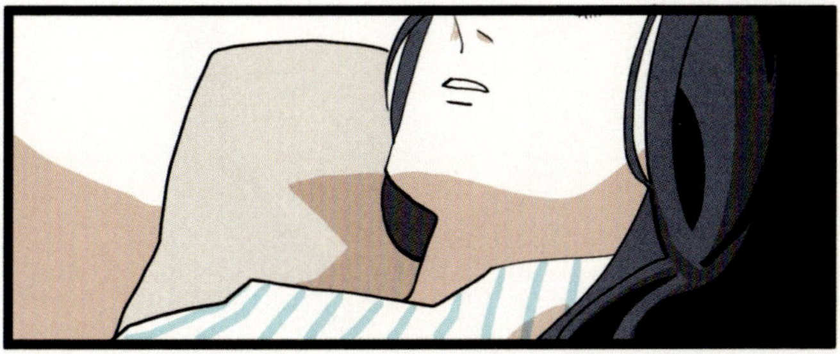
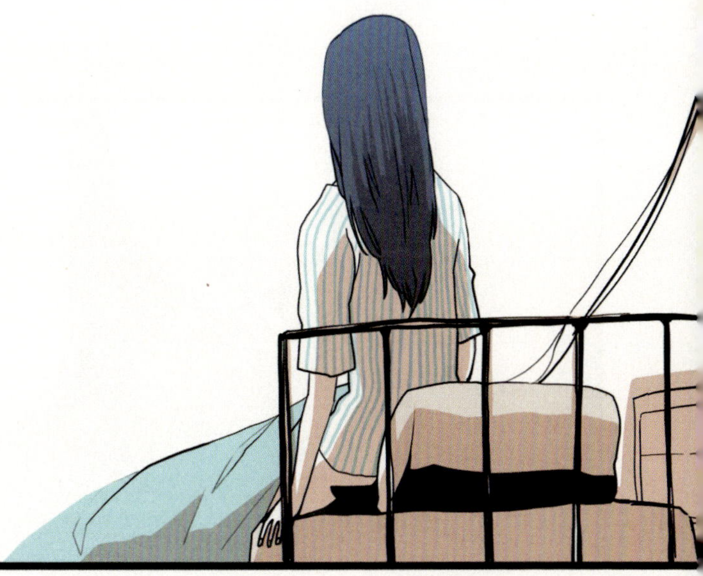

CLING
BONJOUR !

OH, ÇA FAIT UN BAIL ! VOUS ÉTIEZ EN VOYAGE ?
J'ÉTAIS À L'HÔPITAL.
J'ÉTAIS SOUFFRAN-TE.
OH, JE VOIS... JE SUIS CONTENT QUE VOUS AL-LIEZ MIEUX.
VOUS SAVEZ...
ÇA FAIT UN PETIT MOMENT QUE J'Y PENSE...
JE VOUS AIME VRAIMENT BIEN !

OUI, AVEC PLAISIR.
EST-CE QUE ÇA VOUS DIRAIT DE PRENDRE UN VERRE ENSEMBLE APRÈS MON SERVICE ?
DIS DONC, VOUS N'AVEZ PAS HÉSITÉ UNE SECONDE !
MERCI ! JE VOUS ENVERRAI UN MESSAGE TOUT À L'HEURE. POURRIEZ-VOUS ME DONNER VOTRE NUMÉRO...?
OUI.
Käthe Kollwitz

VOTRE CAFÉ EST PRÊT...
KÄTHE KOLLWITZ... C'EST UN JOLI NOM... ALLEZ, PLUS QU'UN PETIT EFFORT AVANT LA FIN DE MON SERVICE...
HA HA, À TOUT À L'HEURE.

CLING

Adorable Kollwitz

Fin
by. Phantom

Bonus
&
galerie
d'illustrations

Enchantée de
vous rencontrer !

J'ai écrit les récits de *Fragments d'histoires troublantes*
il y a longtemps.
Quelques années plus tard, ils ont été réunis dans ce recueil.
Je pensais qu'après tout ce temps, j'aurais honte de ce que j'avais écrit, mais en fait, tout va bien.

C'est embarrassant de l'écrire, mais ces histoires ont un aspect autobiographique. Certaines vivent encore en moi, d'autres appartiennent au passé. A l'époque, *Fragments d'histoires troublantes* était ce que je pouvais produire de mieux, et je suis heureuse que vous puissiez lire ce webtoon aujourd'hui.

Beaucoup de gens ont travaillé dur pour m'épauler dans cette aventure.
Merci énormément à eux.

Pantom, 2021.

Fragments d'histoires troublantes

Directeur de collection : Pascal LAFINE
Chargée d'édition : Lina LIANG
Coordinatrice éditoriale : Léna PANZANI
Assistante éditoriale : Zina DERRAZ
Traduction : Nina LEMAIRE-TIMSIT
Lettrage : Emma POIRRIER
Conception graphique : Yohan JULIEN

Ce volume contient les épisodes 00 à 16.
Dépot légal : janvier 2025
ISBN : 978-2-38288-163-7

Imprimé et relié en décembre 2024
par Graficas Estella, en Espagne

Groupe Delcourt - KBOOKS -
8 rue Léon Jouhaux - 75010 Paris

www.editions-delcourt.fr

KBOOKS